BRIGITTE SCHWAIGER

Ich suchte das Leben und fand nur dich

Brigitte Schwaiger

Ich suchte das Leben und fand nur dich

Langen Müller

Ich suchte einmal, ja, einmal, da suchte
ich mein Großsein und meine Freiheit
mich anzuziehen wie ich will,
und mehr war es nicht.

Ich suchte einmal, ja, ich suchte die Liebe im Kino.
Und den Kuß, der nie enden wird, den unendlichen Kuß.
Und am Vormittag Kirche, und am Nachmittag Kino.

Ich suchte, ja, einmal, da suchte ich eigentlich den Tod.
Und ging hinaus, ihn zu finden im Schnee
und bei den Hügeln.
Hinter den Bergen bei den siebenundsiebzig Zwergen,
dort wohnt er gewiß, der Schnee. Der Tod aber ist schwarz
wie das Meer in der Nacht.

Ich suchte, ja, ich suchte einmal vielleicht sogar das Leben.
Aber ich glaube,
ich habe nur die Ferne von daheim gesucht.
Die Ferne vom Verbot.

Tu dieses nicht und jenes nicht,
sag dieses nicht und jenes nicht.
Rauchen, meine größte Freiheit.
Und dann lernte ich dich kennen,
und du botest mir zu rauchen an.

Da suchte ich noch immer nicht das Leben,
doch du fandest mich.

Ich suchte die Freiheit und fand dich,
der du zwischen der Freiheit und mich tratest
und sagtest: Ich werde dir Freiheit geben.

Ich suchte die Liebe und traf dich,
der du zwischen meine Liebe und mich tratest
und sprachst: Deine Liebe bin ich
und dein ganzes Leben.

Da suchte ich nicht mehr das Leben,
sondern du hattest mich gefunden.

Es war einmal eine Welt, und jene Welt war ohne den Peiniger, und jene Welt war gut.

In jener Welt ging ich entlang des Stadtgrabens mit den Stadtmauern, mit dem Hund, und hinter den Fenstern, die vergittert waren, saßen die Verbrecher. Sie waren Vergewaltiger und Diebe, Mörder und Räuber.

Aber jene Welt war gut, denn die Verbrecher waren eingekerkert.

Es war einmal eine Welt, und die Welt war ohne den Peiniger, und dann trat der Peiniger in mein Leben.

Ich verzichte auf Kinder aus deinem Fleisch, auf dieses kostbare Geschenk, und ich verspreche dir, daß du deine Freiheit erlangen wirst am Tag nach der Hochzeit, die eine Farce sein wird. Hilf mir jetzt. Du bist tapferer als du glaubst. Wenn du mich nicht heiratest, gibst du mich der Lächerlichkeit preis.«

Miguel Herreros López, November 1969

Erschien nicht zur Scheidung. Verwies mich des Landes. Ich war seine treue Schülerin, brave Studentin, ordentlich angezogen, unter den Verhältnissen leidend, nicht mit ihm sein zu können, die ihm Briefe schrieb, drei Briefe täglich, wie er es erbat, die zu Hause war und seine Anrufe erwartete, aus der Kaserne in Toledo, aus der Akademie, die sich nicht von zu Hause fortbewegte, denn er würde wieder anrufen, die sofort an ihn schrieb, kaum hatten sie sich getrennt, da er das erbat und forderte. Sie sollte sich immerzu nur mit ihm beschäftigen und mit niemandem reden, und sie, die dies alles tat, so wie er es verlangte, und der dennoch nicht mit ihr zufrieden war, sondern Weiteres suchte, was er an ihr kritisieren konnte, der nie mit ihr zufrieden, nie glücklich war, sondern sie immer wieder tadelte, sie wurde des Hoffens, es würde alles anders werden, war er erst aus der Akademie heraußen, im Juni, waren sie dann erst verheiratet, nicht müde. Er versprach ihr, wenn er erst einmal ein freier Mann sei, würde er sich ganz anders benehmen und würde sie ihre Freiheit haben. Und vor allem, wenn sie endlich verheiratet wären. Er drängte sehr zur Ehe, und er bat sie, ihm möglichst oft zu schreiben, daß sie sich auf die Ehe freue, ihn anbete, sich nach ihm sehne, daß er der beste Mann sei und natürlich der einzige in ihrem Leben, daß sie ohne ihn nicht leben könne, und sie solle gelehrig bleiben in dieser Schule der Liebe, durch die er sie führe.

Wenn sie einander dann begegneten und sie ihn küssen wollte, rief er: »Finger weg, du bereitest mir Ekel«, und dann sagte er, er tue das nur, damit sie ihn sexuell nicht errege, und wenn er, wie er sagte, sexuell erregt war, rief er: »Jetzt bleibt mir nichts übrig, als an Eusebio zu denken, dann legt sich meine Erektion sofort.«

Da ich dich über alles liebe, sagte er, schmerzt es mich, daß du versucht hast, meinen besten und einzigen wahren Freund zu verführen. Daher muß ich, damit meine Erektion nachläßt, mir vergegenwärtigen, wie schäbig du dich benommen hast als sein und mein Gast, damals im Chalet, und ich stelle mir das nun wieder vor, wie du Eusebio deine Küsse aufdrängst, und dabei läßt meine Erektion nach.

Denn so schäbig kann nur eine Ausländerin sein, die kommt, zwei Freunde voneinander zu trennen.

Dann schloß er die Augen und sagte: »Warte, warte, bis es bei mir vorbei ist, dann können wir wieder miteinander reden.« Dann folgten die Instruktionen, die Gehirnwäsche, die »lavados de cerebro«, denn er ging mit ihr nirgends hin, trank nicht Kaffee mit ihr, nicht Limonade, nicht Bier in irgendeinem Lokal (wir könnten Leute treffen, die denken dann, daß wir miteinander schon Unzucht treiben) und fuhr zu seinem Vater. In Familie, »en familia«, alles mußte en famille sein.

Es war in den Julitagen des Jahres 1968. Ich war wieder nach Spanien gefahren, um Fernando zu sehen und all die anderen, Eduardo, Miguel, Adalberto, und Fernando war nicht in Madrid, wie Miguel sagte, Eduardo war schon in Kolumbien, wie Miguel erzählte? Adalberto besuchte mit mir Restaurants und Bars, auch das Schwimmbad, und ich fühlte mich deprimiert.

Miguel hatte mich bei seiner Freundin Marisa untergebracht, dort wohnte ich, bis er mich in den Süden einlud. In einem Zug, der künstlich gekühlt war, fuhr ich nach Málaga. Miguel und sein Freund Eusebio holten mich ab, und ich merkte an Miguels Benehmen eigentlich keine Freude.

Meinen Wunsch, die Jungfräulichkeit in Spanien loszuwerden, stellte ich nicht zurück. Da es mir unmöglich schien, Miguel zu küssen oder gar mit ihm intimer noch zu werden, versuchte ich, als Miguel nicht im Haus war, seinen Freund zu verführen.

Ich küßte ihn und wurde zärtlich und angriffslustig, um ihn aus der Reserve zu locken, da ging die Tür auf und Miguel stand da, mit bitterem Blick, verzerrtem Gesicht, und er wirkte wieder krank und lächerlich.

Sein Freund und er unterhielten sich einige Zeit, dann sprach Miguel plötzlich in einer langen, pathetischen Rede den Segen über ihn und mich. Wir sollten uns verloben, Eusebio und ich, wir gälten nun als verlobt, denn er, Miguel, habe uns verlobt, soeben, und wir sollten heiraten, er, Miguel, würde seinen Segen geben und bitte darum, von nun an der beste Freund des künftigen Ehepaars sein zu dürfen.
Es wirkte das Ganze ernst und dramatisch auf mich. Ich hatte das Gefühl, daß er übertrieb, aber ich konnte nicht wegfahren. Das Haus lag abseits der großen Straße, Autostop konnte ich nicht machen. Wegfahren hätte bedeutet, daß ich flüchtete. Miguel machte mir das auch irgendwie klar. Tagebuchschreiben war in seinen Augen ebenfalls Flucht. Er sagte, jetzt sei ich mit seinem Freund und ihm in einem Haus und solle mich ihnen widmen und mich nicht vergraben in meine Launen.
Das Verlobtsein mit Eusebio langweilte mich. Ich gestand Miguel, daß ich Eusebio nicht liebte. Er sagte, nun wisse er, daß ich ihn begehrte. Er fragte, ob wir uns lieben sollten, und er meinte den Sexualakt. Ich stimmte zu, denn nun würde der gute Freund das tun, was getan werden mußte. Auch schwebten mir dabei die schönsten Träume vor. Meiner Mutter würde ich erzählen, daß Miguel es war, der mich zur Frau gemacht hatte, das würde ihr gefallen, sie gab viel auf seine langen Briefe und empfahl ihn mir beinah. Sie sagte:

Er schreibt so viel wie der Papa. Daß ihre Ehe enorm unglücklich war, schien sie dabei zu verdrängen.
Ich gab mich Miguel hin, wie das ist, wenn eine Frau sich hinlegt. Es tat sehr weh. Er sagte: Beiß die Zähne zusammen. Es dauerte sehr lang, es war demütigend. Ich weinte später, und er redete viel mit seinem Freund Eusebio, packte die Koffer, bereitete das Auto vor zur Abreise, denn nun mußten wir wegfahren. Ich sagte, daß ich nach Madrid wolle, mit dem Zug, falls sie mich nicht hinbringen würden. Sie lehnten es ab und sagten, sie würden mir Südspanien zeigen. Damit war ich einverstanden, denn ich mußte ja daheim erzählen, was ich alles gesehen hatte. Wir fuhren nach Cádiz und nach Córdoba und übernachteten dort. Miguel und sein Freund in einem Zimmer, ich in einem anderen. In Córdoba kam Miguel zu mir und erklärte mir – die Tür zum anderen Zimmer war offen, es waren zwei durch eine Tür miteinander verbundene Zimmer – seinen Penis.
Er lehrte mich, den Penis zu berühren und dabei zu masturbieren, und er sagte, er weihe mich nun ein in große männliche Geheimnisse.
In Campo de Criptana hielt er mich fest, bei seinem Großonkel Manolo im Haus seines Vaters, bis Eusebio aus Madrid zurücksein würde mit dem Auto, das er zum Service bringen mußte. Ich blieb einige Tage auf dem Land, in der Mancha, und er machte mir einen Heiratsantrag. Ich bejahte, ich würde ihn heiraten, um keine Debatten mehr zu

haben über meine angebliche Unaufrichtigkeit. Ich wußte nicht, ob ich ihn liebte, er kam mir sehr verändert vor. Sein Vater und Eusebio kamen in einem Auto, wir fuhren nach Madrid, und Miguel und Eusebio brachten mich zu einer Pension, die ich nicht verlassen durfte, außer um mit Eusebio spazierenzugehen. Miguel zog sich aufs Land zurück, auf einen Bauernhof, zu seinen Verwandten, um dort einen Geburtstag zu feiern. Er schickte mir maschinengeschriebene Briefe, die ich kaum verstand, denen ich nur entnahm, ich solle mir darüber klarwerden, ob ich ihn liebte, und ich dachte, ich würde einen solchen Mann wahrscheinlich heiraten, der so lange Briefe schrieb.
Eusebio ging mit mir ins Kino, wo ich einen Weinkrampf bekam. Wir fuhren aufs Land und trafen dort Miguel und seinen Bruder und einen Haufen Freunde. Es wurde ein Fest gefeiert, ich mußte in einer Pension wohnen in einem Dorf. Dort nahm er mir den Paß, die Armbanduhr und den Zimmerschlüssel ab.
Du brauchst das alles nicht, jetzt, wo du mich hast. Wenn dich einer entführen will, kann er mit dir gar nichts anfangen, weil du ja einen Paß brauchst, eine Uhr und den Schlüssel. Und da müßte er sich zuerst an mich wenden, damit ich dich mit allem deinem Drum und Dran mit ihm mitgehen lasse. Also ist es besser, dich unbrauchbar zu machen, und du wartest einfach, bis ich komme und dich abhole.
Du bist jetzt eine Spanierin. Deine Nationalität

bestimme ich, und deine Uhr werde ich sein. Den Schlüssel brauche ich, damit ich zu dir hereinkann, kurz, verlasse dich auf mich.
Ich verstand nicht alles, hielt aber das meiste für einen Scherz und gab ihm nach. Natürlich brauchte ich nichts, ich hatte ja wirklich ihn, und es waren Ferien.

Er bewegt seinen Finger vor meinen Augen. Folge dem Finger mit dem Blick, sagt er. Er schiebt ein Glas, von oben greift er es, man sieht nur seine Finger, die nach unten ausgestreckt sind. Er schiebt das Glas hin und her und sagt, ich soll es anschauen. Aber immer wieder muß ich in seine Augen blicken, die unglaublich groß und vorstehend sind. Die sehen mich an.
Er sagt, er wird jetzt etwas mit seinem Ring machen. Ob ich es gut sehe. Dann nimmt er mit nur der Hand, an der der Ring steckt, ihn ab. Er läßt ihn tanzen auf der Hand, dann wandert der Ring fort, und dann taucht er wieder auf. Er steckt ihn an. Bist du müde, fragt er. Oja, sagt er, ich kann sehen, wie müde du bist.

Damals war ich neunzehn und stolz, keine Jungfrau mehr zu sein. Ich konnte kaum erwarten, bis wir wieder probieren würden, die Liebe zu machen. Aber jetzt war eben Mariae Himmelfahrt, und da mußte ich anständig allein schlafen, um am Tag des Festes schön und keusch zu erscheinen.

Ich bin wieder zwanzig Jahre alt. Ich bin wieder mager und habe Wimmerl. Ich trage wieder glattes, kurzes Haar, im Nacken geschnitten, an den Seiten länger. Ich kämpfe wieder mit den Kontaktlinsen, sie tun mir weh. Ich stehe wieder in Frau Carmens Badezimmer und sehe den Kot in der Toilettenmuschel schwimmen. Jemand hat vergessen, die Spülung zu ziehen. Irgend jemand, der vergessen hat, daß bei der Technik, die hier eingebaut ist, das Wasser alles aufwirbelt. Den Kot und das Papier.
Ich drücke wieder den Hebel, damit das verschwindet. Es ekelt mich mehr als anderes, es erinnert mich an meine Substanz. Du Stück Scheiße, hat er gesagt.
Ich sehe wieder dem Fräulein Raquel zu, die mit warmem Wachs ihre Achselhöhlen von Haaren befreit. Sie reißt die braunen Streifen herunter, und sie hält dabei ihren Arm hoch, so als rufe sie um Hilfe.
Ich sehe wieder Frau Carmen Orangen schälen und die Schalen auf den Teller werfen, der nicht leergegessen ist.
Alberto sitzt vor dem Fernsehschirm, er schaut immer hin, nichts läßt er sich entgehen.
Das Fernsehen bildet, sagt Miguel Herreros. Es ist unglaublich, wie gebildet heutzutage die Kin-

der sind! Früher war das nicht so! Der Vater Angel läßt sich wieder den Rücken kratzen, »Carmen, rascame la espalda«, kratz mir den Rücken Josele hat wieder Magenweh und geht im Gang auf und ab. Er sagt wieder, daß er »ulcera« hat, »Magengeschwüre«, und daß er manchmal in der Nacht aufsteht.
Luisa verabredet sich wieder mit Lucio und macht sich schön. Sie will ihn heiraten. Seine Eltern haben einen Juwelierladen. Carmen ist beruhigt. Lucio stammt aus sehr guter Familie, »muy buena familia, tienen dinero«, »sie haben Geld«. Frau Carmen ist ganz ungeniert.
Geld muß man haben, hat mein Vater gesagt, und Geld muß man auch in Spanien haben. Geld zu besitzen ist international hoch angesehen.
Ich bin wieder arm. Miguel Herreros bekrittelt, daß ich nichts anzuziehen habe, daß meine Eltern mich nicht einkleiden. Wirklich, seltsame Eltern hat sie, die sich um ihre Tochter nicht kümmern. Er redet über mich. Es tut mir weh.
»Sie hat das schönste Kleid, das eine Frau haben kann in diesem Leben hier und auf dieser Erde«, sagte Frau Carmen, als sie mich weinen sieht. »Und das ist ihre junge Haut.«
Ich stehe wieder vor dem Spiegel und sehe, wie unschön mein Gesicht ist. Denn er sagt immer, daß ich nicht hübsch bin, sondern häßlich. Ich hoffe, daß das Haar bald wieder lang sein wird. Ich bin mager, denn ich nehme Aufputschmittel. Ich möchte nicht hungrig sein, nicht dick werden,

nicht so werden, wie ich war, sondern schön, schlank, elegant, dünn und interessant. Eine interessante Frau, eine angebetete, eine mondäne. Ich möchte es sehr weit bringen, er hat mir gesagt, an seiner Seite ist es möglich. Er wird mich lehren, eine perfekte Dame zu werden, perfekte Frau, perfekte Liebhaberin, kurz, alles was ich in Wirklichkeit gerne wäre. Er hat mein Schauspielertalent gelobt und hat mich gebeten, es ihm zur Verfügung zu stellen. Er sei ein Professor Higgins, und er werde eine Frau aus mir machen, die ich vorher nicht war.
Er ist ein Dämon, und ich weiß es nicht. Er hat mich bei meiner Eitelkeit gepackt. Frau Carmen und Fräulein Maria Luisa sind derb und natürlich, elegant sind sie nicht, dafür aber glücklich. Manchmal weint Frau Carmen. Manchmal sitzt sie da, nähend, strickend, Obst schälend, einen Erdapfel schälend, und sie seufzt in sich hinein, zieht die Augenbrauen hoch, murmelt vor sich hin, macht einen traurigen Mund, schneuzt sich, jammert nicht laut, zieht die Schultern hoch, wie um ihrem unsichtbaren Gegenüber zu sagen, daß man da nichts machen könne.
Mit ihr darf ich nicht viel sprechen, denn Miguel Herreros hat gesagt: Rede mit niemandem, sei zurückhaltend, bleibe in deinem Zimmer, iß mit ihnen, schließe dich aber den Gesprächen nicht an, sondern beobachte. Mische dich in nichts ein, bleibe immer außerhalb, warte, bis ich komme. Zu meinem Vater sei freundlich, zu Carmen

nicht. Du zahlst dort, das muß genügen. Beschwere dich über nichts, sondern sage mir, was dir nicht paßt. Ich werde es dann Carmen sagen, in Gegenwart meines Vaters. Wenn ich komme, begrüße mich so freudig, als ob du mich hundert Jahre nicht gesehen hättest. Falle mir um den Hals, küsse mich aufs Gesicht, zeige, wie sehr du mich liebst. Bleibe immer freundlich, auch wenn ich dich kritisiere. Das nennt man eine perfekte Frau sein.

Miguel Herreros sitzt in der Nähe seines Vaters und spricht, während Angel Herreros sich den Rücken kratzen läßt, über Rafael Aguado, den »abogado«, den Anwalt, über Antonio del Pozo, dessen Frau Teresa, die eine Kriegsverbrecherstochter ist aus Belgien, und über Sebastian Rollo, mit dem er sich nachher treffen wird, um mit ihm in die Akademie zu fahren. Als wäre er der einzige, der ein Auto besitzt. Und vielleicht hat wirklich nur er eines. Er sagt: »Ich gehe nur zum Militär, um meine persönlichen Launen zu befriedigen.« »Yo me hago militar sólo, para satisfacer a mis caprichos personales.«
Er erzählt von Joaquin Serna, von Manto, und was er von Eusebio erfahren hat, und daß er sich wünscht, daß Eusebio ebenfalls zum Militär geht. »Eusebio will nicht. Aber ich werde ihm klarmachen, daß er muß. Anders hat das Leben keinen Sinn, als Arzt. Was will er denn machen? Privat ein Arzt zu sein, das hat keine Zukunft.«
Miguel Herreros ist übervernünftig, »sobre-sensato«, wie er sagt, und vielleicht sagt er es auch anders.

Ich bin über fünfzig Jahre alt und blicke zurück. Ich sehe wieder, wie wir im Wohnzimmer sitzen, das zwei Sofas hat und mehrere Fauteuils, oder

vielleicht nur einen. Zwei Sofas! Wo habe ich sonst solche Großzügigkeit gesehen. Einen oft gedeckten Tisch mit Vorspeisen, Hauptspeisen, Nachspeisen. Fernsehen beim Mittagessen, Alberto läßt nichts aus. Er ist angestellt in der Telefonzentrale. Manchmal legt er die Leitung, so daß es nichts kostet, wenn Miguel mit Valencia telefoniert, mit seiner Mutter, mit seiner Schwester. Dann geht Alberto, Albertote, wie sie ihn nennen, auch nur Tote, aus der Wohnung fort, setzt sich in »Telefónicas« in sein Büro, stellt die Verbindung her, und ein langes Telefonat ist gratis. Beim Mittagessen beschweren sich die andern, daß er fernsieht. Aber er sagt, daß er die Sendungen sehen will, und die anderen sollen woanders essen, wenn es ihnen nicht paßt, er kann nicht essen, ohne dabei fernzusehen, ihn interessierten die Nachrichten, ihn interessiere die Welt. Und schließlich verdiene er und arbeite, also wolle er auch etwas davon haben.
Mich stört der Lärm, denn sie reden laut, und sie gestikulieren mit Messer und Gabel in den Händen, mit den Löffeln, den großen, den kleinen, und sie tun vieles, was bei uns in der Familie zu Hause nicht erlaubt ist. Sie reden durcheinander, und sie streiten, um viele Dinge, und Albertote dreht den Fernsehapparat lauter und rückt ihn näher an den riesigen Tisch. Sie streiten immer, und sie sind aber nie zerstritten. In meiner Familie ist Stille, Schweigen. Man ist immer irgendwie böse aufeinander, daheim, und man weiß nicht,

warum. Spanier sind laut, denke ich, Spanier gehen mir auf die Nerven. Spanier verstehen mich nicht, fragen mich selten etwas, wissen nicht, wer ich bin, und ich bin »la novia de Miguel«, »del hijo de Angel«, die Braut Miguels, des Sohnes von Angel, und mehr höre ich nicht, daß Frau Carmen über mich sagt.

Sie ist klein, sie ist zart, dabei aber füllig. Sie sieht, finde ich, sehr gut aus. Runde, dunkle Augen. Schmales Gesicht, zarte Nase. Lebhafte Bewegungen. Sie lacht ziemlich laut, wenn sie lacht, sie lacht vielleicht ein wenig gekünstelt, und sie versteckt, wenn sie weint, ihre Tränen. Sie kauft ein und schleppt Lebensmittel an, sie kocht für alle, und sie kocht wirklich gut. Ich möchte von ihr lernen und stelle mich zu ihr in die Küche. Ich frage sie, wie man Tomatensauce macht, »salsa de tomate«.

Ich schaue zu, wie sie Pommes frites macht. Sie schält die Erdäpfel, schneidet sie in dicke Streifen, legt sie in die Pfanne, backt sie gut heraus. Alles schmeckt bei ihr gut. Das ist in Österreich nicht so. In Spanien, finde ich, kann man immer essen. Nur, daß man so dick wird. Ich liebe das Brot, das weiße, ich tauche es gern in Milch, ich liebe Schokolade, liebe Churros, liebe Porras, gehe mit Miguel und dem Vater, wie er ihn nennt und wie er will, daß ich ihn nennen soll, »padre« sage ich zu einem Menschen, der mich nicht anspricht, der mir fremd ist, »padre«, »papá«, Churros essen.

Sie reden darüber, daß in Segovio ein Haus eingestürzt ist. Sie reden darüber, daß Ausnahmezustand ist. Jeder Spanier kann auf der Straße verhaftet und ohne Gerichtsurteil im Gefängnis behalten werden. Es ist wieder etwas passiert, Franco hat Männer hinrichten lassen. Die Basken, wahrscheinlich, immer sind es die Basken. Es können aber auch die Kommunisten sein.

Wir sind im Frühling 1969. Miguel Herreros hat noch wenige Monate in der Akademie, dann, im Juni, wird er austreten. Er sagt, daß ihn das Militär nicht interessiert.

Damit aber ein Spanier einen Reisepaß bekommt, muß er das Militär machen. Dann darf er ins Ausland fahren.

Militär bedeutet zwei Jahre Kaserne unter Aufsicht durch brutale Ausbilder. Wer studiert und zusätzlich zum Magister oder Doktor noch die Militärakademie macht, hat nur neun Monate Dienst, und danach kann er im Rang eines Oberleutnants der Reserve bleiben, oder aber auch eine militärische Karriere anstreben.

Man verdient nicht besonders viel, als Militärsangehöriger, aber es ist ein sicheres Einkommen. Als Arzt und Militärarzt erfreut man sich gewisser Privilegien, hat eine Dienstwohnung, kauft in Spezialgeschäften günstig ein, wenn man Lebensmittel braucht für eine große Familie, und man tritt einem Militärklub bei, der ein eigenes Schwimmbad hat, man kauft billige Tickets bei Flug und Bahn, man erhält eine schö-

ne Pension, man kann daneben viel anderes arbeiten, denn für einen Offizier dauert der Dienst, wenn er Arzt oder Jurist ist, nur wenige Stunden täglich.
Wer aber dumm ist, sagt Miguel zu mir, geht zur normalen »Mili« und läßt sich zwei Jahre lang von einem »pura sangre«, einem Berufssoldaten, der oft nicht einmal ordentlich lesen und schreiben kann, schinden. Die freuen sich, wenn ein Akademiker kommt, dem sie die Waden nach vorne biegen können.
Sie machen »piltrafas« aus ihnen, Leichen. Denn alle in der Mili sind »piltrafas«, menschlicher Fleischabfall, mit Kadavergehorsam.
Miguel Herreros hat ein starkes Mundwerk. Wenn er redet, hören alle zu. Sein Vater ruft hin und wieder: »Carmen, kratz mir den Rücken.«
Es ist ein Sonntag wie der andere.
Carmen und Angel gehen samstags in Kino. Sie sehen zwei Filme, dann trinken sie etwas, sind glücklich, hat Miguel Herreros erzählt, »echan polvos todavia«, »ficken noch«. Frau Carmen sei unersättlich, hat er erzählt. Sie sei sexuell auf seinen Vater angewiesen und er auf sie. Carmen sei daher eine Schlampe. Maria Luisa sei nicht von ihm, darum stritten sie oft. Maria Luisa sieht aber dir ähnlich, sage ich.

Wenn ich sagte, daß ich gern allein wäre, ein paar Stunden, schlug er Übungen vor. Er nannte sie Exerzitien, und sie wären zu meinem Besten.

Wir verbrachten mehrere Stunden mit Übungen, bei denen er fragte und ich antwortete, er meine Antwort analysierte und mir neue Fragen stellte, und so weiter, bis ich schachmatt war.

Er sagte, er würde mich lehren, genauso zu denken wie er, ohne Fehler, denn er sei ein Mensch ohne Fehler, er sei so geboren.

Natürlich war ich neunzehn Jahre alt und wußte, daß es niemanden gab, der nicht irgendwelche Fehler hatte. Aber es war alles so angenehm und einschläfernd, zusammen mit dem »Bist du müde?« und »ich sehe, wie dir die Augen zufallen« und »jetzt lasse ich dich in Frieden«, »also, merke dir, was ich gesagt habe«, und ich war fasziniert von der Tatsache, daß ich schon so gut Spanisch konnte, daß ein Spanier reden durfte ohne Unterlaß, und praktisch verstand ich alles. Wenn meine Freundinnen mich sehen könnten, dachte ich.

Er nahm mich auf eine lange Reise mit. Seine Mutter wohnte in Valencia. Er stellte mich ihr vor, und er und seine Mutter unterhielten sich darüber, ob ich nicht in Spanien bleiben und auf eine Kunsthochschule gehen sollte.

Von dem allen berichtete ich meinen Eltern dann in Österreich. Meine Eltern hatten im August 1968 aus nächster Nähe den Einmarsch der sowjetischen Truppen in die Tschechoslowakei erlebt. Angeblich soll mein Vater zu meiner Mutter gesagt haben, eine zweite russische Besetzung Österreichs, des Mühlviertels, würde er nicht mehr mitmachen, und es sei vielleicht sehr gut, zur Zeit, Verwandte im Ausland zu haben. Also durfte ich Anfang Oktober nach Spanien fahren, um mich dort bei der Kunstakademie zu bewerben.

Die Stationen unseres Lebens.
Was erinnere ich noch?
Er fährt mit seinem Auto nach Fernancaballero zu seinem Onkel und seiner Tante. Es ist Anfang August 1968. Ich wohne in einem Zimmer im Zentrum der Stadt, im fünften Stock eines sehr alten Hauses, mit hölzernen, breiten Treppen innen, und die Adresse ist: Conde de Romanones.
Im Oktober 1968 wohnt er in Toledo in der Akademie, bis 31. Dezember 1968. Wir sind sehr glücklich, als die Toledozeit zu Ende geht. Zumindest ich bin es. Ich liebe ihn, und ich glaube es und wohne seit drei Monaten in der Calle Esquilache. Bei Milagros und Adolfó, einem Versicherungsbeamten, der in seiner Freizeit Maler war.
Irgendwann im Frühling übersiedle ich zu Carmen Perucho in die Fernando-el-Católico-Straße. Er wohnt in der Akademie in Carabanchel, außerhalb von Madrid, einem Vorort. Ich sehe ihn jeden Tag, weil ich mit der Metro zu ihm hinausfahre. Wir verstehen uns nicht gut, er ist immer eifersüchtig, wie ich glaube. Er korrigiert mich, tadelt mich, und ich möchte mich von ihm trennen.
Juli 1969: Wir sind in Valencia und wohnen in der Garriguesgasse.

Ich fahre nach Österreich, um unsere Hochzeit vorzubereiten. Ich schreibe: wir. Denn es ist nur mit einem »wir« und mit einem »unserem« zu erklären.
Der Schmerz in meiner Scheide, nach der Entjungferung, und, wegen des Schmerzes, das Gefühl, zu ihm zu gehören.
Im September fliege ich nach Spanien und wohne in der Pension Europa. Miguel hat eine Wohnung »im cuartel«. Sein Beruf interessiert mich nur mäßig, oder er schildert ihn als uninteressant. Er ist Ausbilder.
Was ich nicht will, das ist: heiraten. Er hat zu schlechte Manieren, es fällt mir jetzt erst wirklich auf. Er steigt nicht aus dem Auto, wenn er vorfährt, sondern will, daß ich einsteige, während er sich von seinem Platz nicht erhebt. Es stört mich, wie er sich benimmt, und ich sage nichts mehr, weil er unverbesserlich ist, weil er immer das letzte Wort behält, weil er mir mit Worten überlegen ist.
Seine Mutter kommt auf Besuch, wir wohnen in der Pedro-Martel-Gasse. Wir wohnen zu dritt: die Mutter, er und ich.
In der Wohnung denke ich zum ersten Mal an Selbstmord. Ich habe mit fünfzehn Jahren einmal an so etwas gedacht, dann mit siebzehn, eine Nacht lang, und jetzt wieder. Aber es ist nur kurz. Es geht bald vorbei, ich bin geschockt über mich, daß ich mich erschießen wollte. Ich ziehe die Qualen neben ihm und seiner Mutter vor.

Meine Mutter schreibt, daß mein Vater nicht nach Spanien kommen kann zur Hochzeit und daß wir in Österreich heiraten sollen.
Wir wohnen in der Dr.-Sumsi-Straße und fahren nach Österreich mit dem Auto, er, seine Mutter und ich.

»Der Soldat im Dienst handelt nur auf Befehl. Er mag auf dies oder jenes Lust verspüren; da er Soldat ist, zählt es nicht, er hat es sich zu versagen. Er kann vor keinem Scheidewege stehen: denn selbst wenn er davorstünde, ist es nicht er, der entscheidet, welchen der Wege er betritt. Sein aktives Leben ist auf allen Seiten eingeschränkt.«

Elias Canetti, *Masse und Macht*

Der Tag der Hochzeit ist einer der schrecklichsten in meinem Leben. Ich fange an zu beten: Lieber Gott, du weißt, daß ich nicht heiraten wollte.

Der Priester ist blond und halb kahl, er heißt mit Vornamen Gottfried, ein Pater Gottfried hat mich getauft als Baby, eine Kirche ist kein Theaterspiel, eine Kirche ist, wo man glauben muß, was man sagt.

Meine Angst vor Miguel war schon so groß, aber ich merkte nun, es gibt eine noch größere Angst. Die vor Gott. Lieber Gott, verzeih mir, betete ich, als ich den Spanier in die Seite stieß, jetzt, jetzt: Wollt ihr, bis daß der Tod euch scheidet, in Krankheit und in Not einander beistehen, jetzt,

jetzt, bedeute ich dem Spanier, jetzt muß du ja sagen, und der Spanier sagt auf deutsch »Ja«.
Nach der Rückkehr wohnen er und ich in der Offiziersresidenz der Stadt. Die Stadt ist eine Hauptstadt mit einem Militärklub und Schießklub und so weiter. Die Stadt hat Kasernen und Wohnhäuser für Offiziere und Unteroffiziere.
Wir mieten eine Wohnung in der Capitan-Castell-Gasse und schließen Freundschaft mit Angel und Angelita. Die beiden wissen nichts von unserem Pakt: daß wir auseinandergehen werden, eines Tages.
Aber schau, hatte er gesagt, wir heiraten ja nicht, sondern wir tun nur so. Wir täuschen alle! Wir ziehen uns an wie Braut und Bräutigam, wir gehen in die Kirche, wir sagen ja, wir machen die ganze Zeremonie nur als Spiel. Jeder glaubt, daß wir heiraten, nur du und ich wissen, daß das alles ein Spaß ist. Du brauchst nichts zu fürchten. Ich werde dich nicht zur Verantwortung ziehen. Sondern wir sind dann gute Freunde, du und ich. Wir betrügen die Gesellschaft, siehst du, sagt er, die so heuchlerisch ist, daß sie Geschlechtsverkehr nur unter Verheirateten erlaubt. Wir haben unseren Geschlechtsverkehr schon gehabt, nicht wahr, mein Liebes, wir brauchen ihn nicht mehr. Es sei denn, du bestehst darauf, aber ich verspreche dir, wenn wir heiraten, werde ich dich nicht anrühren. Du bist frei, und ich bleibe frei. Ich gehe meiner Wege und tue, was ich will, du gehst deiner Wege. Wir wohnen zusammen, und das

wird aber auch schon alles sein. Wir treffen uns am Abend und am Morgen, du studierst Malerei, ich arbeite, wir sehen uns zu Mittag, wir plaudern, und dies ist ein Freundschaftsdienst von dir, weiter nichts.

Wir übersiedeln im August 1970 in eine Militärwohnung auf dem Garcia-Ruiz-Platz. Inzwischen ist der Name geändert.
Wir wohnen von August 1970 bis Ende Dezember 1971 in dem Wohnhaus am Garcia-Ruiz-Platz. Dann entläßt er mich. Wir verbringen einige Nächte bei seiner Mutter, seiner Schwester und seinem Bruder in Valencia, in der Dr.-Sumsi-Straße. Dann besteigt er ein Schiff nach Palma de Mallorca, und nachdem er im Schiff verschwunden ist, bin ich frei.
Ich möchte jubeln, aber gegenüber seinen Verwandten muß ich eher so tun, als würde ich mich schämen.
Er will, daß ich nach Hause fahre und es so aussieht, als würde ich nach Weihnachten einfach überraschend nicht zurückkehren. Einzig seinen Anwalt hat er eingeweiht, in eine Lüge aber, und seine Mutter, in eine halbe Lüge und halbe Wahrheit. Ich möchte jubeln, aber in Österreich breche ich zusammen und erhole mich nicht mehr.

Vor mir liegt eine Fotografie, die im Jänner 1970 gemacht wurde. Sie zeigt eine Frau, die ein großes, glattes Gesicht hat, mit den Mundwinkeln nach unten, die Augen nur halb offen, Blick nach unten. Wenn man die Fotografie vergrößert, sieht man, daß die Augen keinen Blick haben. Sondern daß sie nur noch nach innen schauen.

Es war die Zeit der ersten schlimmsten Drohungen, der Morddrohungen. Vorher, bis zum Oktober 1969, hatte es keine einzige Morddrohung gegeben. Im Oktober nur eine einzige, in Gegenwart seiner Mutter, und zwar die vom Blutbad, daß er unter ihren (der widerwilligen Verlobten) Verwandten anrichten würde. Ab dem Monat Jänner 1970 begannen die Drohungen gegen sie persönlich. Er würde sie ermorden, und zwar wenn sie nicht alles so tat wie er sagte.

In einer solchen Stimmung, Verkapselung war die Frau, als er sie überraschend, nämlich überfallsartig, fotografierte. Sie erlitt ein solches Fotografiertwerden einige Jahre später, durch eine ihrer Schwestern, die plötzlich die Türe zu ihrem Zimmer aufriß und sie knipste, mit Blitzlicht, um dann lachend wieder abzuziehen, und es war ihr als Verletzung ihrer Intimsphäre erschienen, denn sie war im Nachthemd am Schreibtisch gesessen und hatte geraucht und geschrieben, irgendwann am Vormittag oder noch zu Mittag: Frühling 1974, vier Jahre später. Sie hatte unter der abermaligen Verletzung gelitten und nicht mehr reden können.

Die Demütigung, mit einem Menschen ein Appartement teilen zu müssen, ein großes Badezimmer, ein kleines, kahles, unpersönliches Schlafzimmer, war schwer zu ertragen. Sie fraß sich in meine Seele, denn als Kind war ich Demütigungen zwar gewöhnt, doch hatten sie irgendwann auch wieder ein Ende, und vor Demütigungen durch die Eltern und die Schwestern und auch die Großmutter konnte ich flüchten zu Freundinnen und zu anderen Erwachsenen. Hier gab es keine Fluchtmöglichkeit, und ich wußte nicht, mit was für einem Recht, von dem er stets redete, er habe es, der Mann mich gefangenhielt. Er redete so viel von dem Recht, das er habe, jetzt, mit meiner Unterschrift. Und niemals würde ich beweisen können, trumpfte er auf, daß ich diese Unterschrift nur in einem bestimmten Sinn und Übereinkommen mit ihm geleistet hätte. Er nehme nun meine Unterschrift als solche, und er sei nicht gewillt, auf Launen einzugehen. Er gebe jetzt den Ton an und verlange Geschlechtsverkehr, so wie es in der Bibel stehe, die Frau müsse dem Mann untertan sein und ihm gehorchen. Daß ich ihn keineswegs als meinen Mann empfand, störte ihn vielleicht, hinderte ihn aber nicht. Er begann zu erzählen, wie sehr er leide, weil er liebe. Er begann zu klagen, wieviel er durchgemacht habe wegen mir. Und er habe nun das Recht, sich an mir zu befriedigen, denn mein Körper gehöre ihm. Deinen Körper hast du mir übertragen bei der Hochzeit. Sowohl standesamtlich wie kirchlich sind wir nun Mann und Frau. Dein Körper gehört nicht dir, sondern mir. So wie meiner dir gehört, und ich biete ihn dir an, und du weigerst dich, dieses Geschenk anzunehmen. Er steigerte sich in lange und überschäumende Reden. Dabei sehe ich in meiner Erinnerung den Geifer um seinen Mund. Als habe er Schaum zwischen den Zähnen, und besonders von seinem oberen Eckzahn zieht sich in meiner Erinnerung ein Speichelfaden bis hinunter zu seiner Unterlippe. Ein kluger Stratege. Er habe eins zu null gewonnen. Er habe mich schachmatt gesetzt. Nun sei ich nicht mehr so intelligent wie früher. Und ich solle meinen »coño«, meine »Fut«, meine »Möse« hergeben.

Wie oft hat er mir das eingetrichtert? Du bist niemand, hier, außer durch mich, »tu no eres nadie sino por mí«. Alle werden dich ablehnen, wenn du zu ihnen gehst. Niemand wird dir zuhören, alle werden dich für verrückt halten. Eine Jungverheiratete beklagt sich über ihren Mann!? Da lachen doch alle nur und schicken dich zurück zu mir. Und weißt du, was dir geschieht, wenn du zurückkommst und wir wieder hier sind? Ich hoffe, du weißt es.

Natürlich fühlte ich mich nicht jungverheiratet, sondern gar nicht verheiratet. Das Ganze war doch bloß ein Spiel gewesen. Das Ganze war ich ihm doch schuldig gewesen, eben als Freundin und in Freundschaft! Warum machte er daraus nun etwas anderes? Ich würde nie jemandem beweisen können, daß ich nicht gewollt hatte? Warum sollte ich das auch jemals jemandem beweisen wollen? Mir hatte doch zu genügen, daß er es wußte. Und daß er sich entsprechend benahm. Daß er mir dankbar war, sogar, bis zu einem gewissen Grad, wie es seine Redensart gewesen war: Bis zu einem gewissen Grad bin ich dir dankbar. Denn ich hatte ihn ja, das war mein Gefühl, aus einer, wie er sagte, schwierigen Situation gerettet, in die er hineingeriete, wenn ich plötzlich die Heirat verweigerte. Warum war er undankbar und obendrein gemein? Ich verstand ihn nicht mehr und wußte nicht, daß ich in einer Falle war. Sondern hatte das Gefühl, ich sei wieder zu dumm für ihn und zu unfähig und würde nie etwas leisten. Am besten wäre es, sich umzubringen, dachte ich, und nur die Angst vor dem Tod hielt mich zurück, mir etwas auszudenken. Totsein, weil er nicht glücklich war mit mir? Warum sollte ich mich töten, seinetwegen? Würde das seine Probleme lösen? Und meine? Und welche waren überhaupt seine und welche meine? Die demütigende Situation in der Ehe mit Miguel war nur mit Würde zu retten, wenn ich etwas vorschlug, was mich aus der Offiziersresidenz

herausholen würde. Wie hätte ich sonst entkommen können. Ich schlug ihm vor, einen Haushalt zu gründen. Wir würden miteinander in einer Wohnung wie Mann und Frau wohnen.
So, als wären wir verheiratet, dachte ich, werde ich mich benehmen. Und niemand wird wissen, daß ich es nicht wollte. Und es wird auch niemanden interessieren, vermutlich, denke ich heute. Denn was kümmert es die Menschen, was jemand getan hat und warum, ob aus eigenem Wunsch oder wegen dem Wunsch anderer? Heinz, der Rechtsanwalt, ist jedenfalls entsetzt, daß ich, nach dreißig Jahren, die standesamtliche Ehe annullieren will, eine Wiederaufnahme der Scheidungsverhandlung anstrebe, ja sogar eine Bestrafung des Herrn M. H. wünsche. »Was hast du davon?« fragte er. Und so fragten auch andere. Was ich denn davon hätte. Eine Psychologin sagte: »Er hat Sie sadistisch behandelt, und jetzt wollen Sie, genauso sadistisch, daß er eine Strafe erhält.«
Warum bin ich sadistisch, dachte ich. Ich war fünfzig Jahre alt. Mir kam vor, es gäbe eine alte Rechnung zu begleichen. Wie nennt man das, hatte ich die Psychologin gefragt, wenn ein Mensch einen anderen zwei Jahre lang gefangenhält und bedroht und erpreßt und wenn man später nicht mehr vertrauen kann und nicht mehr gesund wird, wie sagt man das juristisch, und was für eine Bestrafung hätte ein Mensch zu erwarten, der zwei Jahre Freiheit raubt und sich de-

lektiert am Leiden einer Person. Aber die Psychologin sagte: »Sie sind jetzt sadistisch, weil Sie wollen, daß *er* leidet!«, und ich ging weg mit gesunder Wut auf das dumme Weib.

Bei M. H. handelt es sich um einen Menschen, der mir immer wieder Strafen aufgab. Der sich anmaßte, mich zu bestrafen, zwei Jahre lang, dafür, daß ich die Tochter eines Nazis war. Der sagte, ich würde ihm noch den Fußboden mit einer Zahnbürste reinigen (ich verstand die Anspielung nicht, da ich nicht wußte, daß jüdische Menschen in Wien die Straßen mit Zahnbürsten reinigen mußten) und ihm die Füße küssen, die Hände und die Füße, und den »Schwanz«, eines Tages, »la picha«, und ihn mit dem Mund befriedigen, nach einer Schimpftirade sagte er es, nach einer Drohung, er würde mir das Gesicht zerhauen. »Damit du keinem mehr gefällst.«

Das Wesen der Bestrafung ist doch, daß es nur eine Gerechtigkeit auf Erden gibt, denn was habe ich in meinem Himmel davon, wenn er ewig in der Hölle schmachtet. Ich weiß in meinem Himmel davon nichts, weil ich dort glücklich bin. Und ich werde ihm dort nicht begegnen, seinen gemeinen, schmutzigen Augen. Auf Erden will ich ihn sehen, wie er ins Gefängnis geht, wie sie ihn abführen, in Handschellen, wie er sich wehrt, wie er beteuert, er sei unschuldig, es sei ein Justizirrtum, er werde klagen, er werde anzeigen, ja, er werde sie alle töten: Sie sollen es hören, wie er sagt, er warte nur einen »cambio de regimen«

ab, einen Regierungswechsel. Er werde sich an die Spitze stellen dann und härter sein als Franco. Alle Ausländer verjagen. Alle Touristen und alle, die sich in Spanien einkaufen. Den Deutschen und den Engländern die Grundstücke nehmen und die Hotels. Den Ausländern die Restaurants. Spanien den Spaniern! Sein Ruf: »España para los españoles!« Er soll »Hure« rufen, wenn sie ihn abführen. Hure, »puta, pendon, canalla«, er soll laut rufen, daß sein Penis stinkt, weil er in mir war, daß er sich waschen muß jetzt, daß Frauen stinken, daß die Priester recht gehabt haben. Und du stinkst auch aus dem Mund, ruft er, warum gehst du nicht und bringst dich um, warum wirfst du dich nicht endlich aus dem Fenster, langweilige Person. Was habe ich mit dir zu schaffen.
Wie bekannt kam mir der letzte Satz vor. Er war aus dem Evangelium, nur wurde mir das nicht bewußt. Ich konnte nicht denken neben ihm. Er unterbrach alle meine Gedanken.

Er fotografierte mich einmal, als ich das Badezimmer verließ. Er tat es überfallsartig, mit Blitzlicht, und er zeigte mir später das Foto.
Es interessierte mich nicht. Wir waren in einem Hotel, eine Art Heim, ein offizielles Gebäude, und er hatte mich dort geknipst, so als gäbe es irgend etwas, was sich lohnte festzuhalten.
Ich dachte nach, wie ich vermeiden konnte, daß wir morgens, mittags, zur Jause und abends in den Saal gehen mußten, gesittet auftretend als Jungverheiratete.
Wenn ich die lächelnden und lachenden Frauen sah, die gemütlichen und gemütvollen Offiziere, bekam ich Sehnsucht nach allen Männern der Welt, und die Kinder der Offiziere und ihre Gattinnen beneidete ich.
Nur ich mußte neben Miguel sitzen, der eine höfliche und freundliche Miene zeigte, so als sei er der zufriedenste Mensch.
Wegen meines schlechten Aufwachens jeden Morgen, o Gott, wo bin ich, wollte ich mich nicht zwingen, früh schon die Komödie zu spielen, die außerhalb des Appartements im Stiegenhaus begann.
Im Saal fortzusetzen, mit Guten-Morgen-Wünschen und Wie geht es Ihnen. Wir mußten woan-

ders wohnen, wo ich tagsüber wenigstens mein eigenes Essen kochen konnte und beim Essen das Gesicht machen, das mir zustand. Also wollte ich von dort weg, und ich dachte nach über einen Ausweg.

Es war Anfang Jänner 1970, ein neues Jahr, eines, das mir schal schmeckte. Es war kalt in jenem Winter, und ich fror nicht nur außen. Auch innen war mir kalt. Ich fand kein Licht mehr und keine Wärme, außer ich wurde krank. Zum Glück eine Verkühlung, ein Schnupfen, zum Glück ein bißchen Fieber. Er ging einkaufen: Bücher. Ich bat ihn, mir deutschsprachige Bücher zu bringen, mehrere, und er tat es. Ich las wieder so viel wie in der Kindheit.
Er sagte nichts dagegen, und das habe ich in angenehmer Erinnerung. So wie ich in angenehmer Erinnerung habe, daß er keine Kinder wollte. Ich war ihm dafür und dafür, daß er mich nachts hin und wieder hielt, dankbar. Aber wie habe ich mich verändert. Und was tat ich alles, seinetwegen. Mein gesamtes Leben danach war ein einziger Protest gegen ihn. Mein Leben war: beweisen wollen, daß er nicht recht hat.
Trotzdem mußte ich ihn wichtig nehmen und ihn zufriedenstellen, auf ihn hören. Er war wahnsinnig und gemeingefährlich, er bestrafte mich für etwas, ich wußte nicht, wofür, aber da er auf andere normal wirkte, zumindest nahm ich das damals an, war er gefährlich wegen sei-

ner Lügen, die er ankündigte, über mich zu verbreiten, und es war also besser, ihn, wie er sagte, nicht zu reizen.

Wenn man sich mit einem Wahnsinnigen eingelassen hat, ist man selber schuld. Als ich ihn sehr viel später einmal »Trottel« nannte, um mich ein wenig zu erleichtern, zischte er: »Noch ein Wort auf deutsch, und du bist tot.«

Damit war der Plan zerstört, den ich gefaßt hatte: ihn nur noch in meiner Sprache ansprechen, ihn mit meinen Worten beleidigen. Ihn ins Mark treffen, wenn das ging. Oder ihn abtun, mit nur ein paar Worten eben. Es ging aber nicht. Er verstand weder Spaß noch Selbstverteidigung. Er ließ mir keine Würde, weil er mir keine lassen wollte.

Wenn ich kniete, auf dem Boden: Ah, du schrubbst. Wenn ich am Herd stand und umrührte: Ah, du kochst.

Beim Bügeln, beim Waschen, sein Zwang, alles zu formulieren, was ich tat. Er stellte sich in meine Nähe, schwieg, und ich wußte nicht: Zieht er jetzt die Waffe heraus oder was, dann hörte ich ihn herumgehen, dann stand er wieder in meiner Nähe: Ah, du bügelst, du wäschst.

Was für eine brave Frau habe ich aus dir gemacht, rief er, und ich sagte mir: Nur noch so und so viele Monate, dann sind die zwei Jahre um.

Wenn ich später mit einem Mann zusammen war, wunderten mich freundliche Antworten.

Ich getraute mich nur wenig zu sagen. Selten sagte ich etwas. Meist war ich verschlossen, auch mir selbst gegenüber, zugeknöpft, unbeteiligt allem gegenüber, was ich mir wünschen hätte können. Ich konnte mir nichts mehr wünschen. Ich war vergewaltigt geworden, genötigt, von vorne, von hinten, ich war beleidigt worden, gedemütigt, zu Arbeit angehalten; ich war nicht auf den Strich gegangen für ihn, aber er war so, wie ich mir einen Zuhälter vorstelle. Er sagte es ja oft selbst: Andere richten eine Frau zur Prostituierten ab, ich richte dich ab zur Braut, zur Frau und Haushaltshilfe und Putzfrau. Und zu meiner Hure, ganz privat und speziell für mich, wenn ich eine brauche.

Ich habe die Problematik im Buch »Wie kommt das Salz ins Meer« angedeutet. Man hat mich eine Ehekritikerin genannt, eine Männerfeindin, eine verwöhnte Person, der es gutging bei einem liberalen Menschen, die es nicht zu schätzen wußte, verheiratet zu sein mit einem Bürgerlichen.
Es war dies alles nicht. Das Buch ist eine Erfindung, eine Dichtung. Es hat mit meinem Leben wenig zu tun. Ich habe drei Schwestern, ich kenne keinen »Rolf«, ich war nie mit einem Techniker liiert oder verheiratet, ich habe nie als Gattin von irgend jemand in der Nähe von Linz gewohnt. Ich kenne keine österreichische Schwiegermutter und habe andere Verwandte als die,

die im Buch stehen. Mein Leben ist noch nicht erzählt, so sehr die Zeitungen behaupteten, ich hätte stets nur mich im Sinn, mein Leben – doch so ist es nicht. Sondern die Themen, denen ich mich stellte, habe ich gesondert behandelt, verschieden jeweils ein Buch vom nächsten, ich habe immer Stile gesucht, Möglichkeiten, Formen, der Mitwelt etwas mitzuteilen, anschaulich, und dabei niemanden zu langweilen.
Wirklich hörte ich »me aburres«, du langweilst mich, so oft, daß ich dachte, ich dürfe niemals den Fehler begehen, jemanden zu langweilen mit einem Buch. Sondern, im Gegenteil, ich hätte die Pflicht, stets zu amüsieren.
Woher dieser Impetus aber, mich über mich selbst lustig zu machen. Neben Miguel H. tat ich das noch nicht. Sondern erst später. Vielleicht, um zu verhindern, daß andere es taten. Und ich gewöhnte mir Stile an, meist von Männern, die mir gefielen in dem, was sie schrieben. Es ist möglich, daß ich vor nichts haltmachte. Nun bin ich fünfzig Jahre alt und blicke auf vierzehn Bücher zurück und einige Theaterstücke und Satiren.

Das versteinerte Gesicht, das habe ich noch manchmal, wenn ich mich totstelle und nicht mehr weiß, daß ich es tue. Einige Male war mir, als würde ich jetzt weinen müssen, ja, die Tränen, wo sind sie, damit sie mir herunterrollen, endlich, habe ich denn gar keine Tränen, wo die

Sprache versagt, da müßten doch jetzt, da wäre mir doch unendlich wohl, wenn ich mit den Tränen sagen könnte: Schaut mich an, ihr braucht mich nicht zu fürchten, ich bin ja doch nur ein Mensch wie ihr, ich leide, ich möchte sagen können, was ist, aber ich würde gerne nur weinen und darf nicht, und ich kann auch gar nicht. Er hat ja gesagt, er wird mir das Gesicht zerschmettern.

Mit dem versteinerten Gesicht gewinnst du keine Sympathien, kein Mitleid, keine Lebensfreude, keine Freunde. Niemand glaubt, daß er dir helfen muß. Jeder meint, du wüßtest sehr gut, was du willst, du seist energisch. Mit dem Gesicht erregst du Furcht, und viele weichen vor dir zurück. Sie sagen vielleicht sogar, daß es sie gruselt, wenn du auftauchst. So wie Rosi es über eine Frau sagte, deren Angehörige ermordet wurden kurz nach dem Krieg. Österreicher waren in russische Uniformen geschlüpft, um als Besatzungssoldaten verkleidet eine Familie auszurotten. Die Frau, die überlebt hat, besuchte Rosi hin und wieder, und Rosi verstand, daß die Frau verstört blieb für ihr Leben. »Sie tut mir leid, aber es gruselt mich, wenn sie auftaucht.«

Krystyna, die in Auschwitz war, schrieb ihre Geschichte im Beisein eines in sie verliebten Offiziers, der ihr riet, alles zu Papier zu bringen. Auch ich wünschte mir einen solchen Menschen, nachher, der bei mir bleiben würde, der mich auffordern würde zu schreiben. Den Offizier in Krystynas Leben stellte ich mir stets so vor, daß er hinter ihr stand und sie beschützte. Daß er sie liebte, natürlich. Und daß es zu ihrem Besten war, wozu er ihr riet. Aus ihren Aufzeichnungen wurden die Bücher »Leeres Wasser« und »Wo früher Birken waren«, zusammengefaßt dann in dem Band: »Tanz, Mädchen«. Krystyna starb am 1. August 1992 in Düsseldorf. Sie verließ Polen im Jahr 1968 und lebte in Deutschland als Schriftstellerin. Sie malte und stellte ihre Bilder aus. Sie hatte Kinder und Enkel. Zuletzt litt sie an Krebs. Krystyna empfahl mir, ein Buch zu lesen, das »Sophies Entscheidung« hieß. Ich glaubte zu wissen, worum es ging: Eine Frau kehrt zu ihrem Peiniger zurück. Und das wollte ich nicht, zu Miguel H. zurückkehren. Auch wollte ich ihn nicht verstehen, sondern eher mich selbst. Warum hatte ich mich auf ihn eingelassen. »Du hast ihn dir ausgesucht«, sagte eine Psychologin in Spanien. Und, immer wieder: »Du hast das selbst gewollt, du hast es dir so ausgesucht.« Als könnte die Psychologie dabei helfen, wenn eine Frau erpreßt wird mit ihrer Familie, erpreßt mit ihrem Vater und dessen Kriegsvergangenheit, über die sie nichts selbst weiß. Sie dachte, daß ihr Vater wirklich etwas verbrochen haben könnte. Ihr Vater hat von der Erpressung nichts erfahren, er starb, ohne mit ihr über diese Dinge geredet zu haben.

Miguel H. fragte damals mitleidig: »Ach, gestorben? Wie schade!«
Dieses Buch zu schreiben ist eine Form der Rückkehr. Kapital schlagen aus dem Erlebten, es nicht wieder erleben, es dem Sohn erzählen, für die Kinder und Kindeskinder.
Es ist dreißig Jahre her. Er lebt sein Leben oder ist vielleicht schon gestorben. Ich habe keinen Kontakt mehr zu ihm. Schon im Jänner 1972, nach meiner Freilassung, wollte ich keinen Kontakt mehr zu ihm haben. Er schrieb mir manchmal, ich schrieb ihm, es ging aber nur um Geld. Er schrieb, daß er mir nichts schulde, aber mein Vater wollte, daß er Geld zurückgab. Er schrieb, mein Vater solle ihm persönlich schreiben, dann würde er mir das glauben, daß mein Vater Geld zurückverlange.
Das hat mein Vater aber nie getan.
Mein Vater starb einige Jahre später.
Neun Jahre nach meiner Freilassung ließ er dringend um einen Telefonanruf bitten. Er sei krank, er mache ein Testament, ob ich ihn beerben wolle, falls er stürbe. Ich sagte: Nein.

Die ganze Geschichte ist jetzt dreißig Jahre her. In dreißig Jahren kann viel geschehen. Man kann verzeihen, man kann sogar vergessen. Man kann ein eigenes Leben leben, einen Beruf ausüben, man kann erfolgreich sein in einem Beruf, und doch genießt man die Erfolge nicht. Man lernt neue Menschen kennen. Man reagiert aber nicht angemessen auf sie, sondern gemäß dem, was man erlebt hat. Und es führt mich immer wieder zu jenem Menschen zurück. Nicht Stacheldraht und nicht Wachtturm, nicht Gewehr bei Fuß, gezückt. Nicht Pistole am Ohr und nicht im Genick. Nicht Revolver im Gesicht. Aber die Drohung. Und dann: Ich werde mich totstellen, dann kann er mir nichts tun. Es ist etwas, was ich gerne vergessen möchte und nicht vergessen kann. Ein Alptraum von einem Menschen, den ich gerne beiseite schieben möchte. Der Mensch ist weit fort, in der Vergangenheit. Er wohnt Tausende Kilometer entfernt von mir. Sein Name sagt über ihn nichts aus.

Ein Alptraum, aus dem ich gerne aufwachen möchte, und nichts ist mehr verdunkelt. Nicht mehr zittern mir die Beine, nicht mehr habe ich Herzklopfen. Nicht mehr schwitze ich. Und endlich kann ich weinen.

Aber ich kann nicht weinen. Das Herz ist mir gefroren. Oder es ist zu Stein geworden. Das Gesicht ist mir gefroren.

Ich trage nur noch eine Maske.

Arrogant, sagte die Krankenschwester, als ich viele Jahre später einmal im Spital lag, sind Sie mir vorgekommen.

Ich war nicht arrogant, sagte ich. Ich habe gelitten, und ich habe befürchtet, daß man mir etwas anmerkt. Arrogant haben Sie aber ausgesehen. Sie haben so gewirkt, wenn Sie durch den Gang gegangen sind.

Damit man mir meine Gedanken nicht anmerkt, sagte ich, habe ich mich bemüht, möglichst kein besonderes Gesicht zu machen, sondern einfach so zu sein, wie ich bin. Auch wenn man mich anschaut. Ich habe gewußt, daß mich alle anschauen, daß alle neugierig auf mich waren.
Und ich habe geglaubt, Sie sind eingebildet.
Ich war froh, daß ich bei Ihnen war, im Spital. Und zugleich habe ich mich aber gefragt, wie das weitergehen wird. Denn ich konnte ja nicht immer bei Ihnen bleiben. Und ich habe Gedanken in mir gehabt, genauer, Bilder, die wollte ich niemandem schildern, denn die waren so grausig. Ich habe mich sehr bemüht, einfach, daß niemand etwas merkt und daß ich die Dinge nicht tue, die mir ständig vorschweben.

Das versteinerte Gesicht habe ich immer wieder gehabt. Ich habe gespürt, wie es sich festigt, wie es zu einer Maske wird, denn mir kommen die Tränen nicht mehr. Ich kann nicht mehr weinen, schon seit sehr langer Zeit. Es ist tief in mir, daß ich nicht weinen darf. Und wenn ich traurig bin, wenn ich entsetzt bin, wenn ich schockiert bin, wenn ich erschrecke, wenn jemand mich verletzt, kann ich nicht weinen, sondern schweige und blicke stumm den Menschen an, der mir etwas angetan hat oder etwas sagte, was mich zum Weinen bringen würde, könnte ich es noch. Ich blicke dann vielleicht abwartend. Ich schaue den Menschen vielleicht an und frage mich dabei viele Dinge. Denn mit so etwas, was hinter mir ist, wovon ich nicht sprechen darf, weil es zu weit führen würde und niemand so lange zuhört, ich ja auch die Worte gar nicht finde, kann man nicht mehr weinen. Und man kann auch dem Menschen nicht böse sein, der einen verletzt hat. Denn der kennt einen ja nicht, auch wenn er meint, einen zu kennen. Und er weiß ja nichts, auch wenn er meint, etwas zu wissen.

In einem Madrider Lokal, an einem weißen Tisch, Miguel im blau-weiß karierten Hemd und in einer Sommerhose, der andere Mann, Eusebio, gelblich-orange gekleidet, und der andere Mann sagt: »Es ist gegen das Gesetz.«
Von was für einem Gesetz Eusebio redet, wußte ich nicht. Vielleicht war etwas mit dem Auto. Ich verstand ja nicht viel.
Und mir gefällt nicht, was du mit dem Mädchen machst, sagte Eusebio. Und Miguel antwortete: Mir ist doch das Gesetz wurscht, »la ley, me es completamente indiferente«.
Es mußte darum gegangen sein, daß ich noch nicht einundzwanzig Jahre alt war, aber über achtzehn, und daß Miguel mich behandelte wie ein Kind, und irgend etwas war dann mit der Freiheitsberaubung: »robo de libertad«.
Miguel wollte mich zwingen, nur noch das zu tun, was er erlaubte, und Eusebio sollte ihm helfen, auf mich aufzupassen. Eusebio bekam damals den Auftrag, sich meiner anzunehmen, mich keinen freien Schritt tun zu lassen.
Miguel redete und redete. Es ging ja um mich.
Miguel hatte mein volles Vertrauen seit über einem Jahr. Miguel saß, die Ellbogen auf der Tischplatte. Er schien mich nicht zu bemerken.

Einmal, in der Nacht, in einer Bar, trank er so viel, daß er sich übergeben mußte auf der Straße. Er rief immer wieder: »Jetzt, wo ich mich verlobt habe, muß ich mich von meinem Freund verabschieden.«

Da war irgendwo eine Bar, sie hieß »Blanco y Negro«, und es gab ein Getränk, »Sol y Sombra«. Weiß und schwarz war der Name der Bar, Sonne und Schatten hieß das Getränk. Es gab auch ein »Cuba libre«, freies Kuba, es bedeutete Coca Cola und Rum. »Sol y Sombra« war schon etwas Stärkeres.

In jenem »Blanco y Negro«, einem Club, zu dem man von der Gasse aus über Stufen hinunterging, gab es vornehm gekleidete Kellner, eine Gruppe Musikanten, Studenten, die südamerikanische Weisen spielten, kunstvoll auf Gitarre und Cembalo, und einen Miguel, der sich betrank; ein Cuba libre nach dem anderen, mehrere Sol y Sombras, und auf der Gasse, nachdem er gerufen hatte, er habe getrunken, weil er verlobt sei und in die Akademie müsse, vor allem müsse er sich von einem Freund verabschieden, übergab er sich, oder er tat so, als würde er sich übergeben.

Schau nicht her! rief er mir zu. Schau nicht her!

Und irgendwann war die Vorstellung »Miguel trinkt, weil er sich von einem Freund und von der Freiheit und vom Junggesellendasein verabschiedet« zu Ende. Ich glaube, daß er dann noch rief: »Ich liebe dich, Eusebio«, und dann schlief er im Auto ein.

Quita, levántate, perezosa, vaga, tonta, imbécil, estúpida, torpe, mil veces malcriada, maldita.« Hör auf, steh auf, Träge, Faule, Dumme, Debile, Stupide, Ungeschickte, tausendmal Schlechterzogene, Verfluchte.

Miguel hat dich verflucht. Ja, er sagt es mir. Immer wieder sagte er, daß er mich verfluchen würde, und dann tat er es. Die Flüche lagen auf mir. Ob sie wirkten, weiß ich nicht. »Te maldigo«, sagte er. Ich verfluche dich. Seinem Vater gegenüber brüstete er sich, er gebe mir »una de cal y una de arena«, eine Ladung Kalk, eine Ladung Sand. Ich wußte damals noch nicht, daß man es auf Deutsch »Zuckerbrot und Peitsche« nennt. Miguel hat mich verflucht. Manchmal glaube ich, daß die Flüche wirkten. »Le das mucha importancia al tio ese«, sagte jemand einmal. Du gibst diesem Kerl viel Bedeutung. Schreibe ein Gedicht, acht Zeilen, »Miguel, fascista«, und hänge es ins Fenster einer Buchhandlung in Madrid, und fertig.

Acht Zeilen nur. Spanische. Wie sollte ich ihn mit nur acht Zeilen auf Spanisch schildern.

Miguel, fascista

Prohibido llorar, cuando vienen los fascistas
prohibido reir, prohibido ver
prohibido oir, prohibido entender
cuando vienen los fascistas.
Cuando vienen los fascistas
prohibido amar, prohibido vivir.
Prohibido llorar.

Miguel, der Faschist

Es ist verboten zu weinen, wenn die Faschisten kommen.
Es ist verboten zu lachen, verboten zu sehen.
Verboten zu hören, verboten zu verstehn,
wenn die Faschisten kommen.
Wenn die Faschisten kommen.
Es ist verboten zu lieben, verboten zu leben.
Es ist verboten zu weinen.

Warum kaufst du dir nicht eine Peitsche und schlägst mich, fragte er. Du gehst einfach und besorgst dir eine. Und dann schlägst du mich. Du fragst: Was habe ich dir getan, daß du mich so mißhandelst. Und dann, zass, schlägst du zu. Das würde dir besser stehen als diese Miene. Wie du mich anschaust! So als ob ich dir etwas getan hätte! Sag ja nicht, daß ich dich mißhandelt habe. Sondern ich behandle dich sehr gut. Besser als du es verdienst. Ich lasse dir Freiheit. Du gehst hier aus und ein. Du darfst in die Schule gehen, du gehst einkaufen, du plauderst mit der Nachbarin, du gehst auf den Markt, du gehst mit dem Hund spazieren, du unterhältst dich in der Schule mit deinen Freundinnen und Freunden und mit dem Lehrer. Du hast ein schönes Leben. Und du verdienst es gar nicht. Aber ich biete dir alle diese Vorteile an. Wo hättest du früher Kunst studiert? Wo!? Bei wem!? Ohne mich wärst du gar nicht auf die Kunst gekommen. Meine Mutter und ich haben dich auf die Kunst gebracht. Auf den Gedanken, daß du Malerei studieren solltest. Meine Mutter hat zu mir gesagt: Dieses Kind ist begabt, die mußt du fördern, sie soll auf die Akademie gehen, mit ihren Fähigkeiten.
Ich zahle dir das Studium! Ist es nicht so? Antworte mir! Ich will hören, daß ich dir dein ver-

dammtes Studium bezahle! Außerdem bist du dreckig und verschmutzt alles in deinem Zimmer! Ich sorge dafür, daß du eine Künstlerin wirst. Nicht du! Du bist geboren mit Begabungen, die dir die Natur in die Wiege gelegt hast. Das ist kein Verdienst! Ich hole sie aus dir heraus, alle deine Begabungen. Du bist geboren mit einer Leichtigkeit für fremde Sprachen. Ich nicht! Und du hast es mir zu verdanken, daß du Spanisch kannst! Und nur mir! Wer hat sich bemüht, dir die Worte beizubringen, die ersten? Wer hat dir Lieder vorgesungen? Wer hat den Schreibtisch abgeräumt, deine Schreibmaschine weggetragen, den Tisch gedeckt? Wer ist dir zu Füßen gelegen, Schlampe, dreimal Schlampe du! Ich! Der Idiot! Dreimal war ich ein Idiot und tausendmal. Aber jetzt büßt du. Eine schöne Buße habe ich dir auferlegt. Und es gibt keinen Ausweg! Alle Türen zu, nicht wahr. Nun kannst du nicht fliehen. Mach kein solches Gesicht, sondern schau freundlicher drein. Oder, wie gesagt, kauf eine Peitsche, die du mir dann auf den Rücken schnalzst. Aber gut! Perfekt müssen deine Peitschenhiebe sein. Bestrafe mich, getraue dich. Sag etwas, aber stehe nicht da wie eine Mauer. Respektiere mich, verdammt noch mal. Auch ich bin ein Mensch, nicht nur du. Auch wenn ich ein Soldat bin, auch in mir schlägt ein Herz, auch in mir wohnt eine Seele. Auch ich leide, und nicht nur du. Auch die Menschen, die keine Künstler sind, leiden. Sie haben ein großes Herz, so wie du. Oder hast du vielleicht kein Herz, weil du mich nicht schlagen willst? Siehst du nicht, wie ich dich darum bitte? Geh, suche dir eine Peitsche aus und bestrafe mich. Dann werden wir uns vielleicht besser verstehen. Sag etwas! Rede endlich mit mir, so wie von Mensch zu Mensch. Oder bin ich für dich vielleicht kein richtiger Mensch?

Es tat mir leid, jeden seiner Sätze schon auswendig zu kennen. Freundlich konnte ich ihn nicht ansehen, wenn er einen seiner Anfälle hatte. Er wurde bleich, die Lippen verzerrten sich, er hielt lange Reden und hörte und hörte nicht auf. Ich ließ alles an mir vorbeirinnen, ich wollte nicht mehr antworten und nicht mehr zuhören. Ich bemühte mich, an schöne Dinge zu denken. An daheim. Oder an das Meer draußen. Ich dachte an Vater und Mutter. An meine Schwestern. An meine Großmutter. Es war mir bewußt, daß ich nicht hierher gehörte, daß ich nur Gast war, unfreiwillig, gefangengehalten, aber mit einer Hoffnung auf Freiheit.

Er ist zu keinem der drei Scheidungstermine erschienen. Der Richter sagte: »Wenn er nicht kommt, sein Eheband zu verteidigen, trotz mehrmaliger Aufforderung, dann ist anzunehmen, daß er an der Verteidigung seines Ehebandes kein Interesse hat. Also führen wir heute die Verhandlung durch, ohne ihn.«

Der Anwalt las die Klage vor, die er geschrieben hatte. Von seelischer Grausamkeit war die Rede.

»Was hat er Ihnen denn getan?« fragte der Richter.

Mir war, als könnte ich nun weinen. Oder als müßte ich weinen. Oder als dürfte ich nun, endlich, weinen. Aber da war nur ein Grunzen in meinem Hals. So, als hätte man ein böses Schwein in mich getrieben. Und dieses Schwein ließ ich nicht aus mir heraus. Ich wollte nicht grunzen. Und ich wollte auch nicht brüllen. Und die schwarze Nacht wollte ich nicht aus mir herausschreien. Einfach, weil ich glaubte, daß man in einem Gerichtssaal das nicht darf. Ich wollte nicht hinausschreien, was er mir erzählt hatte. Denn eigentlich hätte ich es ja nicht hören sollen. Und schon während er es mir erzählte, wollte ich es nicht hören. Und da hätte ich gern zu ihm gesagt, daß mich das nichts angeht, daß es mich nicht interessiert, sein Leben, vorher. Und alle die Geständnisse. Die gingen mich nichts an, im Fe-

bruar 1970, und sie sind mich auch später nie wieder etwas angegangen.
Ich konnte nicht im Gericht hinausschreien, daß es etwas gab, was er mir erzählt hatte, was vielleicht nicht wahr war, womit er mich also nur einschüchtern wollte. Aber er sagte, es sei wahr, und ich müsse es wissen, damit ich ihn besser verstehe. Und ich war dann nicht sicher, ob er mir das erzählte, um mich einzuschüchtern, sondern ich glaubte es eigentlich. Nur, wenn er so ein Mörder war, warum war er kein Wiederholungstäter? Warum stand nicht irgendwann etwas in der Zeitung über einen spanischen Offizier, der erwischt worden war, wie er ein Mädchen schändete, ermordete, in Stücke hackte und vergrub? Er sagte, er habe solche Dinge getan, früher, bevor er mich kannte. Und ich solle aufpassen, daß er es nicht wieder tue. Denn er habe Lust dazu. Er habe immer aus Lust gemordet, und nur Mädchen.
Mädchen, die ungefähr zwölf Jahre alt waren. Sie mußten noch Kinder sein, aber sie mußten schon einen Anflug von Busen haben. Solche Mädchen lockte er zu sich, brachte sie um, vergnügte sich an ihnen, nekrophil, und dann zerschlug er sie und zerschnitt sie, und das, was übrigblieb, vergrub er.
Er erzählte es, und er lag links von mir. Über uns war der Plafond. Das Zimmer war dunkel.
Ich bat ihn aufzuhören. Aber er sagte: »Steige nicht aus dem Bett. Bleib liegen. Und höre mir

zu. Es ist wahr, was ich dir erzähle. Ich erzähle dir jetzt die ganze Wahrheit von meinem Leben. Damit du weißt, mit wem du zusammen bist. Nachher vergißt du alles. Aber jetzt weißt du es: Ich bin ein Mörder. Ein Mörder von kleinen Mädchen.«

Er hat später nie wieder etwas Ähnliches gesagt. Nur manchmal in seiner Wut – wie er sagte, da rutschte ihm das heraus, und er meine es nicht so, aber in der Wut rief er: »Ich erschieße dich und zerhacke dich in Stücke. Und die Hunde werden dich fressen!«

Er sagte nicht, er würde mich vergraben. Sondern an die Hunde verfüttern, an die Ratten, an die Katzen. Er sagte, er würde mich zerschneiden und mit mir die Fische füttern im Meer.

»Ich vertraue dir ein Geheimnis an. Das ganze Leben habe ich seit meiner Kindheit damit verbracht, über das perfekte Verbrechen nachzudenken. Über den perfekten Mord.«

»Der Mord, von dem keine Spur bleibt. Es hat mich fasziniert. Ein Verbrechen, das keiner sieht, das man nie sühnen muß.«

Natürlich dachte ich nicht mehr an die Leichen. Selbstverständlich dachte ich nicht an Leichen, die es vielleicht gab, durch ihn. Oder gar an zerschnittene und vergrabene.

Ich weiß noch, daß es damals nicht dunkel war, daß ich in keinem Schlafzimmer lag, daß wir längst schon in der anderen Wohnung waren. Ich habe mit ihm in drei Wohnungen gewohnt:

Pedro-Martell-Gasse, Capitan-Castell-Gasse, Garcia-Ruiz-Platz. Damals waren wir längst in der Wohnung am Garcia-Ruiz-Platz. Ich schaute auf eine weiße Wand, das weiß ich noch. Auf die Wand zwischen der Tür zum Vorzimmer und dem blauen Sofa. Er sagte, er habe das perfekte Verbrechen begangen an mir, ich sei eine psychische Leiche, der Glanz sei aus meinen Augen, ich würde mich nur noch marionettenhaft bewegen, ich hätte alles verloren, was meinen Reiz ausmachte, Fernando Rivera würde mich nicht mehr lieben, wenn er mich sähe und hörte, denn ich hätte nie Spanisch gelernt, sondern sei von ihm hinters Licht geführt worden, er habe mich nur vollgepfropft mit Phrasen, so daß jedem geistvollen Mann der Ekel kommen würde, der mich spanisch reden höre. Er habe das ganz bewußt gemacht, mein Niveau niedrig zu halten, und er fordere mich auf, nach Hause zu fahren zu meinen Eltern, und er fordere mich auf, bei den Eltern zu bleiben. Wenn er erfahre, daß ich in Spanien sei, würde er mich umbringen lassen.
Er sagte nichts über die Morde und Zerstückelungen, und ich dachte ganz sicher damals auch nicht an die echten oder unwahren Geständnisse, die er im stockfinstern Schlafzimmer der Wohnung in der Capitan-Castell-Gasse gemacht hatte. Ich hatte ganz sicher alles schon vergessen. Oder, wie der Psychoanalytiker sagt, verdrängt.
Natürlich, was geblieben ist, von jenem Februar 1970, das war die Furcht, die Angst, das dumpfe

Gefühl, nun bleiben zu müssen. Es war wie ein schwarzer Fleck auf mir, ich konnte ihn nicht abwaschen. Ich wußte, daß ich ihn nicht verraten durfte bei der Polizei, denn er hatte so irgend etwas gesagt: Wenn es dir einfallen sollte, zur Polizei zu gehen, um mich zu verraten, so sage ich dir gleich, daß ich leugnen werde. Und dann bist du die Dumme. Denn ich werde sagen, daß du verrückt bist. Dann sperre ich dich in einem Irrenhaus ein, und von dort kommst du nie mehr heraus. Du wirst ausharren neben mir, bis ich die Lust verliere, eines Tages, dich zu sehen. Dann kannst du, von mir aus, gehen, wohin du willst.

Die Freiheit ohne Miguel ist nicht ohne Miguel und ist nicht Freiheit. Freiheit gibt es nicht. Freiheit gibt es nicht, wenn du etwas erlebt hast, was du nicht vergißt. Freiheit ist nicht, zu vergessen und doch nicht vergessen zu haben, denn der Körper erinnert sich. Bis in die Knochen geht meine Liebe zu dir, sagte er. »Estoy por tus huesos«, ich bin für dich bis in deine Knochen. Bis in meine Knochen hat er mir das Bewußtsein zermalmt, eine freie Frau zu sein. Frauen sind niemals frei, merke es dir, sagte er. Eine Frau ist, und was er dann sagte, ging mir bis ins Mark. Er war um Jahre älter. Er hatte Erfahrung im Umgang mit Frauen, das sagte er zumindest. Gott, würde ich eine Frau abgeben, Gott, was für eine Frau wäre ich, sagte er. Die ideale Frau für Männer! Ich weiß, was Männer glücklich macht, sagte er, drum weiß ich, wie eine Frau sein soll. Möchtest du vollkommen werden? fragte er schmeichelnd. Eine vollkommene, eine perfekte Frau, ein ideales weibliches Wesen? Möchtest du bei mir in die Schule gehen? Ich kann dich lehren, wie du zu sein hast, so daß du jedem Mann gefällst, jeden Menschen glücklich machen könntest auf seine Art, denn eigentlich sind ja nur die Männer Menschen. Frauen sind Frauen. Frauen sind Wesen der zweiten Klasse, aber ich kann dir beibringen, wie du ein vollkommenes Wesen wirst, so daß die Wesen der ersten Klasse sich um dich drängen. Möchtest du anziehend werden für alle Menschen? Und dich von den Frauen deines Typus unterscheiden? Denn dein Typus ist, das ist dir hoffentlich bewußt, der der Hure. Du hast dich nämlich wie eine Schlampe benommen mit Eusebio. Möchtest du das ausmerzen? Dann hilf mir dabei und sage mir zuerst: Wie hast du Eusebio geküßt und wie hat er reagiert? Beschreibe mir alles bis ins Detail, denn ich muß es wissen. Anders kann ich meine Arbeit an dir nicht beginnen. Also, beginne. Jedes Detail. Und sei es noch so klein. Du mußt wissen, daß ich dich das später wieder fragen werde, also gib acht, daß du mich nicht belügst, denn ich werde dich auf die Probe stellen. Merke dir, eine gute Frau, eine perfekte Frau, mit dem Trieb, etwas Höheres zu werden als sie ist, ist eine Frau, die ihrem Verlobten alles, wonach er sie fragt, bis ins kleinste Detail erzählt. Sie ist immer höflich, freundlich zu ihm, sie denkt nach: Wie war mein Leben, bevor ich Miguel kennenlernte. Was muß ich an mir ändern, damit es nicht wieder so ein Leben wird. Was kann ich Miguel Gutes tun. Wie kann ich ihn erfreuen mit möglichst vielen Details aus meinem Leben. Miguel möchte nämlich auch irgendwann in die Rolle einer Frau schlüpfen, weißt du. Und beim Zuhören erfährt er, wie man es macht. Das heißt, wie man es nicht machen soll. Und du wirst mir jetzt, damit wir die Fehler ausmerzen, alles schil-

dern wie es war. Eine Frage vielleicht zuerst von mir an dich, damit du siehst, worauf es mir ankommt. Mich interessiert ja nicht so sehr, wieviel Uhr es gewesen ist genau, oder ob das Fenster offen war, die Jalousien herunter, die Tür zugesperrt mit einem Schlüssel, sondern ob er den Mund aufgemacht hat als erstes oder du. Hat er deine Zunge mit der Zunge berührt? Wie hat er das getan? War seine Zunge hart oder weich? Hat er einen kalten Mund gehabt oder einen warmen? War sein Speichel sehr flüssig oder war sein Mund eher nur feucht?
Ich wollte gerne von anderen Dingen reden und sagte es ihm. Da sagte er: Daran erkenne ich, daß du mich belügst. Daß du nichts ernst meinst. Gerade vorher bist du mir in den Ohren gelegen damit, daß du eine richtige Frau sein möchtest. Jetzt, wo ich dir verhelfen möchte dazu, sagst du, du möchtest lieber etwas anderes. Möchtest du nicht, daß ich dir später, wenn wir stehenbleiben, ein kleines Eis kaufe? Oder ein größeres? Wir werden uns das gut überlegen, wenn du jetzt nicht gutwillig bist. Also los, erzähle.
Ich sagte ihm, daß es mir schwerfalle, mich zu erinnern, vor allem weil ich das gerne vergessen würde.
Er sagte: Aber ich will es nicht vergessen, sondern im Gegenteil. Ich werde es mir ewig merken. Und damit ich es mir gut merken und dir verzeihen kann, mußt du es schildern in allen Details.

Es ist aber so schwer, die Worte zu finden.
Ah, wortlos glücklich. Das kennen wir. Und geizig, damit ich nichts erfahre. Neidisch könnte man werden, wenn so etwas zu beneiden wäre. Also, los, gestehe. Beichte! Vertraue dich mir an! Sonst wirst du nie eine richtige Frau sein. Frauen müssen so etwas tun.

Eine Verflechtung in mir, bis in mein Inneres. Führte in eine Dunkelheit, die fast schon schwarz war. Ein Trichter in mir, ein Loch, ein Abgrund, den er gegraben hatte. Es tat so weh. Es war, als müsse ich Felsgestein aus mir schlagen, mit jedem Wort. Ich wollte die Dinge gerne ruhen lassen. So wie mein ganzes Leben nur mir gehörte. Ich sagte: Mein Leben ist mein Leben.
Da irrst du dich. Da bist du vollkommen im Irrtum mit deiner Philosophie, ich werde dir das Gegenteil beweisen. Dein Leben ist mein Leben. Warum. Du wirst Kinder von mir haben, du wirst sie in deinem Bauch tragen, du wirst sie zur Welt bringen durch die Pforte, durch die sie hineingekommen sind. Deine Kinder werden nie nur deine Kinder sein, sondern auch meine. Denn sie sind von mir. Nehmen wir an, ich bin *der* Mann in deinem Leben. Und der bin ich ja! Also, durch wen kommen deine Kinder? Durch mich? Wer wird dich ganz zur Frau machen? Deine Kinder! Und wer also macht dich zur Frau? Ich. Bedenke wohl, ich will nicht, daß du irgendeine Frau bist, irgendein Weib, ein blödes, das ein

Mann sich hält, das er füttert, das er mit Kleidern behängt und mit Perlen und Schmuck, sondern ich will ein denkendes Wesen haben an meiner Seite. Willst du denken lernen?
Ja.
Also, dann denke logisch. Alles, was ich dir bisher gesagt habe, ist wahr. Folglich wird auch alles, was ich dir in Zukunft sagen werde, wahr sein. Dein Leben ist also mein Leben ab dem Moment, in dem ich deinen Körper besessen habe. Dein Fleisch, dein Blut, dein Geist, deine Seele, alles gehört mir. Denn du wirst die Kinder in dir tragen, die ich dir schenke mit meinem Samen. Schau ihn gut an den Miguelin, er wird dir Kinder machen.
Er sagte, er sei ja kein Schwein von irgendwo, das eine Jungfrau entjungfere und dann wegwerfe und liegenlasse. Sondern er sei gewillt, mich zu heiraten. Mit der Hingabe hätte ich mich ihm schon geschenkt. Nun fehle nur noch der Segen des Papstes. Und den findet man wo? In der Kirche, sagte er. Du willst mich doch kirchlich heiraten?
Nein. Nur standesamtlich.
Also gut, wir heiraten nur standesamtlich. Ist auch besser. Aber trotzdem wirst du demnächst Kinder von mir bekommen, und vielleicht schon sehr bald, denn wir werden ja sehr bald wieder »hacer concupiscencias«, die Wollust treiben. Oder möchtest du nicht?
Ja.

Also, die Wollust möchtest du treiben mit mir, sieh mal an, und erzählen möchtest du mir nichts? Ich muß deine Seele kennenlernen. Alle deine Gedanken, alle deine Gefühle, so du welche hast, mußt du mir mitteilen. Ich muß dich kennen, wie du bist, damit ich dich verteidigen kann im rechten Moment. Weißt du nicht, daß ein braver Mann seine Frau verteidigt? Erinnere dich an den Witz vom Fräulein und von den drei Furzen. Soll ich ihn dir noch einmal erzählen?
Ich sagte: Den Witz kenne ich schon.
Aber ich erzähle ihn dir noch einmal. Also, ein Fräulein furzt, und sie sitzt mit drei Männern an einem Tisch. Der erste Mann entschuldigt sich, so als ob er gefurzt hätte. Das Fräulein furzt wieder, und der zweite Mann tut, als habe er gefurzt. Nach dem dritten Furz des Fräuleins ruft der dritte Mann: Bitte, meine Herren, dieser geht auf meine Rechnung!
So ist es auch zwischen Mann und Frau, sagte er. Wenn du in Gesellschaft furzen mußt, werde ich immer so tun, als sei es mir passiert. Und ich werde jeden töten, der es wagt, sich dir zu nähern. Jeden, der meint, er dürfe dir ein Leid tun.
Er verlangte wieder, ich solle über Eusebio erzählen und wie das war, als ich ins Zimmer gegangen war, ob Eusebio geschlafen habe oder nur dort gelegen sei, ob er nackt oder halbnackt gelegen sei, ob seine Augen geschlossen waren oder halb offen, und was ich getragen hätte, die Bluse

oder das Kleid, und ob ein Knopf offen war oder alles zu, und ob Eusebio nach meiner Brust gegriffen habe. Ob er sich von allein aufgesetzt habe im Bett oder ob ich mich zu ihm hinuntergebeugt hätte.

Ich wußte das alles nicht mehr. Ich glaubte eigentlich, daß Eusebio sich aufsetzte, als ich ins Zimmer kam, als er das Geräusch von der Tür hörte. Miguel sagte, ich solle logisch erzählen, Spanisch sei eine Sprache der Logik, er wisse nicht, wie das im Deutschen sei, aber er verstünde mein Verhalten nicht. Nämlich, warum sei ich ins Zimmer hineingegangen, wenn ich gewußt hätte, daß Eusebio höchstwahrscheinlich liegen würde. Und nicht sitzen. Und warum hatte ich nicht sofort, als ich ihn liegen sah, die Tür zugemacht.

Ich wußte das alles nicht, ich hatte mir nichts gedacht dabei, als ich ins Zimmer ging. Ich sah dann erst, daß Eusebio aufrecht im Bett saß, plötzlich, sich die Augen rieb, denn wahrscheinlich hatte er geschlafen und ich hatte ihn geweckt. Dann hatte ich mich zu ihm hinuntergebeugt – denn ich stand aufrecht in der Nähe des Betts im Zimmer –, als er schon die Beine auf dem Boden hatte, als er aufrecht auf dem Bett saß. Erst dann hatte ich mich zu ihm gebeugt und ihm einen Kuß auf den Mund gegeben.

»Ein guter Mann, ein richtiger Mann will zum Beispiel, daß ihn seine Verlobte mit der Hand befriedigt. Aber sie muß es können. Dabei kann sie nur von ihrem Verlobten lernen. Er erklärt ihr den Penis, sie schaut und hört genau zu. Dann greift sie den Penis an. Und nur so, wie der Verlobte es ihr erlaubt. Sie lernt alle Tricks, und sie ist ihrem Verlobten dankbar. Alle Frauen in diesem Land, die jungfräulich leben, befriedigen so ihren Verlobten. Das kannst auch du lernen. Also, wenn wir weiterfahren jetzt, mache ich die Hose auf, dann kannst du ihn sehen. Jede Frau bewundert den Penis ihres Verlobten und vergöttert ihn. Denn er ist das Wunderwerkzeug, das Gott ihm geschenkt hat, und nur ihm, nicht ihr. Aus diesem Wunderwerkzeug sprießt die Menschheit. Adam hat einen Penis gehabt, Eva nicht. Was glaubst du, was sie im Paradies gemacht haben? Und nur das! Richtige Männer dringen gar nicht so gern in die Frauen ein, denn weder wollen sie sie entjungfern noch schwängern. Du weißt, was schwängern heißt? (Er verwendete das Wort »preñar« und nicht »embarazar«, »preñar« ist trächtig machen, Ausdruck bei Tieren.) Du wirst also weder von mir geschwängert noch beschmutze ich mich an dir. Frauen sind schmutzig. Ein Mann muß sich nachher waschen, das ist eine traurige Tatsache. Sonst riecht er nach Frau. Manche Frauen riechen, daß es teuflisch stinkt. Mich wundert nicht, daß die Priester uns vor den Frauen gewarnt haben. Alle Frauen riechen schlecht, hat man mir beigebracht, und siehe da, es ist wahr. Auch du riechst. Aber ich kann mit dir fertigwerden. Du befriedigst mich, und der Rest liegt in Gottes Hand. Einverstanden? Ein bißchen

Rest wird in deiner Hand bleiben, den wirfst du weg.
Ich konnte nicht mehr anders, als fasziniert auf seine Hose schauen, wann sie sich wieder öffnen würde. Der braunrote Muskel des Mannes, einmal weich, einmal hart, einmal wie ein Sack, einmal wie ein Pfeiler, interessierte mich. Es war wie ein Spielzeug, und er sprach eine gönnerhafte Erlaubnis aus, wenn er den Befehl gab, seinen Penis zu berühren. Lehnte sich zurück und sprach vom Erlauben, wenn ihm danach war, daß ich ihn berührte, und er sagte gönnerhaft: Also, spiel schön mit ihm, aber tu ihm nicht weh, denn sonst beklagt er sich bei mir. Drück ihn jetzt nicht, sondern drücke ihn erst, wenn er ganz aufgerichtet ist. Und erzähle mir Geschichten. Also, was siehst du? Erzähle mir eine Geschichte über meinen Miguelin, wie schön er ist. Solche Geschichten hört auch er, und dann richtet er sich sehr auf. Siehst du, wie Miguelin sich freut? Jetzt ist er ganz da. Jetzt gehört er dir. Jetzt darfst du mit meinem Miguelin, der jetzt deiner ist, machen, was du willst. Also, fast alles, fast, fast, fast. Und er gehört dir. Nicht wahr, so schnell bist du in den Besitz eines Penis gekommen. Das hättest du nicht gedacht, nicht wahr.
Seine Sprache versiegte, sein Stöhnen gefiel mir. Es war, als ob ich über ihn Macht hätte, ein paar Sekunden. Wenn er ganz hingegeben war, sein Sportauto lenkend. Und ich dachte: Das kann nur ich. Und ich kann es, weil er mich liebt.

Der Wind trieb ihm einmal die Samentropfen ins Gesicht. Er rief, es ekle ihn entsetzlich, er könne das Sperma nicht leiden, er hasse es, es sei giftig, es sei gefährlich, es erfülle ihn mit Ekel, nun müsse er das Gesicht abwischen. Es klang wie eine Beschuldigung. Und so, als würde nun ich beschuldigt werden.

Männer hatten mich stets interessiert, wenn ich auch vor dem Penis Angst gehabt hatte. Besonders vor dem meines Vaters und dem meines Klavierlehrers. Denn das waren die Männer, mit denen ich manchmal in einem Zimmer war, zu zweit, und ich hatte immer wieder Angst, seit mein Vater mich einmal geküßt hatte wie ein Mann eine Frau, und dabei nach meiner Brust gegriffen und sie fest gedrückt, beinahe gequetscht hatte.

Nun verdankte ich Miguel, daß ich wußte, was ein Penis war. Und ich brauchte mich vor Männern nicht mehr zu fürchten.

Ich fragte: Wann schiebst du ihn wieder in mich hinein?

Nie mehr! rief er. Und, freundlich lächelnd: Es ist ein Spaß. Solange wir nicht verheiratet sind, nicht. Denn das machen alle Verlobten: nur masturbieren. Nicht in die Vagina. Die Vagina einer Frau ist heilig, wegen der Kinder. Und eine Frau muß warten bis zu ihrer Hochzeit. Dann, in der Hochzeitsnacht aber bebt die Erde vor Glück, vor Lust. Kennst du das nicht, Erdbeben? Eine Frau ist wie ein Vulkan, das mußt du doch schon gelernt haben. Und ein Mann auch. Ich bin nicht nur ein Vulkan, sondern ein Jahrhundertmann. Darum wirst du die Jahrhundertfrau sein. Wir werden reich sein, denn du wirst malen. Wir werden deine Bilder teuer verkaufen, so wie die von Picasso und Dalí. Du wirst eine Bildhauerin sein, außerdem, denn du wirst alle Künste studieren. Wir werden singen und werden Konzerte geben!

Wirklich?

Nun ja, Konzerte direkt nicht, das ist wieder ein Scherz. Aber wir werden singen, tanzen, und unsere Kinder werden fröhlich sein. Sie werden Mama und Papa zu uns sagen, und wir werden ans Meer fahren, dort haben wir einen Bungalow, und wir werden braun und unsere Kinder auch. Obwohl, ich habe zum Braunwerden nicht die Neigung. Ich bin ja ein Weißer. Und meine Haut ist zart und weiß, das wirst du ja schon gemerkt haben. Ich stamme nämlich von Adeligen ab. Eigentlich bin ich ein Graf. Aber das soll dich nicht kümmern. Ich weiß, daß du aus einem Dorf bist und ländliche Manieren hast. Ebenso wie die Dorffrauen. Also, du kannst an meiner Seite lernen, elegant zu werden. Eine Dame! Und nun komm, Dame, komm schon, berühre mich. Ich gebe dir dazu die Erlaubnis. Ja, die Erlaubnis, ich erteile sie dir. Kann man auch sagen. Merkst du, wie gut du Spanisch von mir lernst. Alles verstehst du, weil du gebildet bist und Latein kannst und Französisch, nicht wahr, und ein

bißchen Italienisch. Du darfst Miguelin aufwecken, er wird gleich aufstehen. Und dann darfst du ihn wieder anschauen in seiner Pracht. Ich habe einen großen Penis, weißt du. Andere Männer haben nicht einen so großen. Wie viele Penisse hast du in deinem Leben schon gesehen? Erzähle mir und beschreibe sie mir genau, damit ich mir vorstellen kann, wie die Penisse in Österreich sind.
Keine.
Das glaube ich dir nicht.
Gar keine. Wirklich.
Und Fernando? Seinen hast du auch nie gesehen?
Ja, einmal. Aber nur kurz.
Wann hast du seinen Penis gesehen, erzähle. Im Detail, bitte.
Es war in England, auf einer Wiese. Er hat versucht, mich zu entjungfern, und es ist nicht gegangen, es hat mir weh getan.
Da hat er aufgehört?
Ja, nach einer Weile.
Wie lange hat diese Weile gedauert? Kannst du mir das sagen?
Eine ganze Weile. Ich weiß nicht mehr.
Und wie hat er versucht, in dich einzudringen? Wie bist du gelegen? Und wie er? Erzähle genau!
Ich bin im Gras gelegen, er war über mir, er hat versucht, den Penis in mich zu schieben. Aber es hat weh getan.
Wo?

Das kann ich nicht sagen. Ich weiß nicht das Wort.
Und wie weh? So weh wie mit mir?
Nicht so, er hat ja aufgehört.
Warum hat er aufgehört.
Weil ich geweint habe.
Und wenn du geweint hast, haben die Männer aufgehört? Wie viele waren es? Sie haben meine Pforte beschmutzt! Und wie haben sie geheißen? Haben sie mit den Fingern probiert? Mit der Hand? Erzähle!
Er wollte dann wissen, wie der Penis von Fernando aussah.
Da sah ich ihn noch einmal. Es war dunkel. So finster die Nacht. Fernando stand im Gras. Ich lag noch. Halb setzte ich mich auf. Ich sah, wie der Penis leuchtend weiß und groß vom Körper abstand. Dann sah ich, wie Fernando ihn mit der Hand bog und in die Hose schob. Das sah ich alles ganz genau.
Er war weiß.
Was, weiß, wie weiß!!??
Weiß. Einfach weiß.
Der Penis?
Ja.
Fernando hat also einen weißen Penis?
Ja, ganz weiß.
Fernando ist aber doch braun! Ein dunkler Typ! Und seine Haut muß braun sein.
Der Penis war schneeweiß. Wirklich. Ich kann mir selbst nicht erklären, warum. Aber ich sehe ihn noch.

Ah, du siehst ihn noch. Und zwar, während du mit mir im Auto fährst. Was für eine Hure, stellte er fest. »Pero que puta.«
Ich wurde unglücklich. Ich wußte nicht, wie ich es ihm recht machen konnte. Ich fühlte mich unfähig, nicht mehr liebenswert, sondern nur noch fehl am Platz. Aber ich wollte ihn nicht verlieren, sondern so sein, wie er es wünschte, damit er nicht mehr schimpfen mußte.
Eigentlich ekelt es mich vor Frauen, sagte er. Nur vor dir nicht. Du mußt werden, wie ich dir sage. Und du darfst nur das tun, was ich dir erlaube. Einverstanden? Denn sonst ekelt mich vor dir auch, und das wirst du doch nicht wollen? Wo würden da deine Kinder bleiben, unsere Kinder? Du mußt mir immer schön gehorchen.
Ich versprach es, denn ich war erst neunzehn Jahre alt und hatte noch nie über solch ernste Dinge wie Frausein mit einem Menschen geredet. Auch nicht mit meinen Eltern.
Siehst du nicht, daß ich dein Schicksal bin, fragt er, und ich komme nicht dazu, ihn bei mir auf Deutsch und nur in Gedanken aufdringlich zu nennen, denn er läßt mich nicht zum Nachdenken kommen. Er redet und redet, und ich finde, daß es schöne, große Worte sind, wie in einem Film. Und noch nie, auch nicht später, fällt mir ein, hat ein Mensch so große, so schöne Worte verwendet. Ich habe zwar gelesen, man soll sich hüten vor Männern, die schwülstige Liebesbriefe schreiben, denn sie könnten später brutal werden, aber Mi-

guel redet ja nicht schwülstig, sondern sehr bestimmt. Es ist das Fordernde, das mich beeindruckt, die Strenge, das Erziehende. Er macht aus mir ein kleines Kind, das er verwöhnen möchte, er sagt es: Ich werde dich verwöhnen. Und das sind glückliche Aussichten, denn ich bin noch nie verwöhnt worden.

Wenn ich ihm beichtete, so um noch mehr schlechtes Gewissen zu bekommen. Nie gab er mir recht, sondern sagte, er müsse nun leider »llevarme la contraria«, mir widersprechen. Wenn ich heute erzähle, was war, so habe ich abermals das Erlebnis einer Beichte, und mit Schmerzen, mit Angst, nicht zu genügen, denn ich muß ja möglichst genau alles erzählen. Diesmal aber, ohne ein zweites Mal auf ihn hereinzufallen. Er war wie ein Priester, ein Mönch, beinah, und sein Schatten ist über mir, neben mir, unter mir, denn er sagte: »Miguel por todas partes, miles de Migueles«, so wirst du mich erleben. In jedem Mann findest du Miguel wieder, denn überall ist Miguel, und er verfolgt dich. »Ojo!« Auge! Vorsicht! Ich sehe dich, auch wenn du mich nicht siehst.
Es gibt Momente, da sagst du dir: Jetzt gehst du weg, jetzt hast du genug, jetzt hast du etwas durchschaut, und du sitzt im Auto neben ihm, er am Steuer, du rechts von ihm, und du müßtest nur die Hand auf den Türgriff legen, die Tür öffnen, hinausspringen und davonlaufen, und du

würdest ihn nie wieder sehen und nie wieder mit ihm reden.
Du würdest ohne ihn in der großen Stadt sein, und um nichts in der Welt würdest du dich wieder mit ihm einlassen.
Dann hörst du aber, so wie ich, ein Lied im Radio. Er hat das Radio eingeschaltet. Auf Englisch singt eine Frau etwas von einer Puppe an einer Schnur. Es muß also in allen Ländern gleich sein.
»I wonder if one day that you say that you care. That you say you love me madly, and I'll gladly be there. Like a puppet on a string, like a puppet on a string.«
Das Lied entspricht dem, was du denkst. Und du denkst: Wenn es bei allen Frauen so ist, bei allen Männern, dann hat er recht.
Er hat ja gesagt: Alle Männer sind so. Und alle Frauen müssen das tun, was du tun mußt.

Braungefärbte und gelbe Blätter liegen auf dem Gehsteig und auf der Straße. Schwarze, schmiedeeiserne Gitter links und rechts von uns. Halbhohe Parkmauern aus roten Steinen. Es ist ein bißchen wie in England, ein englisches Schloß. Er sagt, daß wir nun gleich zu seinem Vater und zu Carmen gehen werden. Carmen stelle ich mir als ein Ungeheuer vor, so oft hat er gesagt, daß Carmen ein »dragón« ist, ein Drachen, der den Vater beherrscht, der der Mutter den Mann weggenommen hat. »Odio a Carmen«, hat er gerufen. »La odio.« Ich hasse Carmen, ich hasse sie.

Zu meinem Vater mußt du freundlich sein. Du gibst ihm zwei Küsse, wenn wir ihn begrüßen. Carmen gibst du nur die Hand. Hast du es dir gemerkt? Also, wir gehen hinauf.
Ich sage ihm, daß ich nicht hinaufgehen will. Er fährt das Auto an einen anderen Platz, nah einer Mauer, in eine engere Gasse. Im Schatten der Bäume erklärt er mir, warum es notwendig ist, daß ich ihn begleite. Er redet auf mich ein. Das Wort »Frau« kommt sehr oft vor und beginnt mich zu schmerzen.
Ich möchte, daß du endlich eine Frau wirst, wie eine Frau zuhörst, wie eine Frau verstehst, wie eine Frau antwortest und dich wie eine Frau benimmst. Du kannst durch mich zur Frau werden, du mußt dich nur ändern. Du mußt so werden, wie ich dir sage. Bedenke, wen du hast. Ich bin nicht irgend jemand, ich bin Miguel Herreros. Und wir gehen jetzt zu meinem Vater. Du hast einen Mann neben dir, der dein Verlobter ist, der eine gute Zukunft hat, der dir etwas bieten kann. Viele Frauen Spaniens wären froh, wenn sie an deiner Stelle wären. Sei also nicht undankbar, sondern höre auf mich. Ich erziehe dich nicht nur, sondern mehr, ich mache dich zu einer Frau.
Es tat wohl, ihn so selbstsicher zu sehen, denn als ich ihn kennenlernte, war er unsicher gewesen, verstört, bei meinem Anblick, beinah zitternd, sich zu einem Lächeln zwingend, das auf keinen Fall echt war. Ich hatte die Unsicherheit gespürt, er kam mir vor wie ein geprügelter Mensch.

Auch wie ein Kranker war er mir vorgekommen, ein nervöser, übersensibler Mensch. Einer, dessen Sensibilität niemand brauchen konnte, weil sie unangepaßt war. Er schien zu zittern.
Ich liebe dich wie eine Göttin, sagte er, ich bete dich an, und du tust mir das an!
So wie eine Göttin, »como a una diosa«. So etwas hatte noch nie ein Mensch zu mir gesagt. »Preciosa«, Kostbare.
Ich liebe dich mehr als die Luft, die ich einatme. Ich bin eifersüchtig auf die Luft, die du atmest, auf deine Stimme, wenn du redest, sagte er.
Es gefällt mir, wenn du schweigst, sagte er, denn da erscheinst du mir irgendwie abwesend.
Er fragte mich, ob ich die Dichtung kenne. Spanische Theaterstücke, spanische Liebeslyrik. Er sagte, er würde mir einen Rosenweg bereiten. »Un camino de rosas.« Es klang alles so schön. Seine spitze Nase, die dünn und gebogen wurde, wenn er sich ärgerte, bleich, mit weißen Flecken rechts und links von den Nasenflügeln, sein hektisches Wesen, oder war es zackig, wie mein Vater sagen würde (Herrgott, das ist ein Kerl, wie der zupackt, wenn das Auto im Schnee steckenbleibt!), ist es nicht zum Verlieben? Er weiß, was er will, ist das nicht betörend. Darf ich mich nicht einem Mann überlassen, der sagt: Vertraue mir. Begleite mich und geh mit mir hinauf, es ist mein Vater. Es ist nicht meine Familie, es sind Carmens Söhne. Und du wirst Carmens Tochter kennenlernen. Sie hat sie alle mitgenommen ins Konkubi-

nat, ihre Töchter und ihre Söhne. Ich habe eine Zeitlang auch bei ihnen gewohnt.
Er hat mir nicht gesagt, wie sympathisch Carmen ist. Sie drückt mich beinah an ihr Herz. Dem Vater gebe ich die Hand, Carmen gebe ich zwei Küsse, einen rechts, einen links. Carmens Söhne stehen vor uns, gutaussehend und verlegen. Alberto und José. Maria Luisa, eine schöne Tochter ist da. Sie hat langes Haar, bis zu den Hüften. Er hat mir nicht gesagt, wie schön die Tochter ist, wie schön die Söhne, wie gutaussehend Carmen ist, wie gekünstelt der Vater, wie kalt, wie eiskalt, ich fühle es, es ist ein Mann, der nur ans Geld denkt, oder hat Miguel das gesagt, daß seinem Vater Geld viel bedeutet, daß er die Mutter heiratete, weil sie reich war, weil sie einen Weinberg hatten, der ihnen dann weggenommen wurde, weil sie eine Erbschaft hatte, die ihr Bruder verpraßte, und ein Anwalt hat sich am Ende alles genommen, ein gewisser Julian, der kam und klopfte an die Tür und sagte: Sie müssen ausziehen, das gehört jetzt alles mir, Sie haben zu viele Hypotheken aufgenommen. Dann mußte die Mutter nach Valencia ziehen zu ihrer Schwester. Sie hatte nirgends sonst eine Bleibe. Die drei Kinder kamen zu einer Tante, zur Schwester des Vaters, und die Mutter durfte die Kinder nicht einmal bei der Erstkommunion sehen, sondern erst später.
Er hat mit seinen Erzählungen so viel Mitleid mit der Mutter in mir geweckt, daß ich verwirrt bin,

als ich Carmen sehe, die weltlich ist, die mir besser gefällt als die verschrobene Heilige. Die Rosenkranz betet mit rotlackierten Fingernägeln und rot bemalten Lippen. Carmen schminkt sich nicht und hat keinen Rosenkranz in der Hand.
Beim Hinuntergehen schreit er. »Du hast Carmen geküßt, anstatt ihr die Hand zu geben. Du hast meinem Vater die Hand gegeben, anstatt ihn zu umarmen. Hure! Schlampe! Verräterin!«
Es ist, als ob ich alles verdorben hätte.

Auf einem dunklen Platz, der mit Bäumen bewachsen war, sagte er, als wir im Auto saßen und er nicht bereit war, mich zu küssen: »Die spanische Polizei geht auf Jagd nach Liebespaaren. Wenn sie welche schnappen, bringen sie sie zur Polizei und prügeln sie. Sie verständigen die Eltern, und solche jungen Leute dürfen dann nicht studieren. Du weißt nicht, wie Spanien ist. Wenn Ehemänner mit ihrer Geliebten, meist die Sekretärin, in ein Hotel auf dem Land fahren, können die Männer um ihre Ausweispapiere gebeten werden. Man bringt sie zur Polizei, wenn sie die Ehe brechen. Spanien hat ein ganz besonderes Abkommen mit der Kirche. Es gibt keine Scheidung. Eheleute, die sich trennen, dürfen nicht wieder mit jemandem zusammenleben. Mein Vater lebt getrennt von meiner Mutter und mit Carmen im Konkubinat. Meine Mutter könnte das anzeigen. Dann würden Carmen und mein Vater ins Gefängnis kommen. Spanien ist ein Gottesstaat. Hier gilt nur die Ordnung, die Gott will und die in der Bibel steht. Wir dürfen uns nicht küssen. Wenn ich dich küsse, werde ich wollüstig, wenn ich wollüstig werde, drehe ich durch. Verstehst du? Wenn du mich wollüstig machst, will ich dich vögeln. Wenn ich dich vögeln will, also, mit dir vereinen, fahre ich mit dir in ein Hotel. Wenn sie uns im Hotel erwischen, führen sie uns zur Polizei. Dann wirst du ausgewiesen. Wenn sie uns nicht erwischen und du wirst schwanger, müssen wir das Kind abtreiben. Ein Kind darf nicht vor der Zeit kommen. Wir müssen warten, bis wir verheiratet sind. Unser erstes Kind darf erst neun Monate nach der Hochzeit kommen. Ich wünsche, daß unser erstes Kind in Ehren geboren wird und leben darf. Ich wünsche nicht, daß du abtreiben mußt, nur weil du jetzt mit mir schmusen wolltest. Man muß die Vorsicht walten lassen. Jede Art von Vorsicht ist höchst angebracht. Schau, dort gehen die Polizisten mit Knüppeln. Sie schauen in die Autos, siehst du? Wenn sie Paare erwischen, schlagen sie auf die Scheiben. Dann müssen die Leute aussteigen und werden in Handschellen abgeführt. Schau, dort führen sie jemanden ab.«

Es war ein Schauermärchen, aber es war kein Märchen, es war die Wahrheit. Ich begann mich vor den Spaniern zu fürchten. Er sagte, das zurückgebliebene Volk, geistig zurückgeblieben, »retrasados mentales«, sei auf der Seite der Polizisten. Spanier seien gegen die Liebe. Gegen die reine und wahre Liebe, »contra el amor puro y verdadero«. In Spanien gelte nur das Gesetz. Die Menschen seien wild und unbeherrscht, dächten nur ans Vögeln den ganzen Tag. In keinem Land der Welt seien die Männer und die Frauen so lüstern wie hier. Ich möchte, sagte er, daß du eines Tages eine lüsterne Frau wirst. (Er sagte stets »concupiscente«. Fernando hatte gesagt: »voluptuosa«. An meinen Lippen merke er, daß ich »voluptuosa« sei.) Aber erst, wenn du einen Ehering am Finger trägst. Dann kannst du gar nicht wollüstig genug sein. Denn dann will ich mit dir vögeln am Morgen, vor dem ersten Aufwachen, vor dem Frühstück, nach dem Frühstück, in der Mitte des Vormittags, vor dem Essen, nach dem Essen, vor der Jause, nach der Jause, vor dem Abendessen und nach dem Abendessen noch zweimal. Und mitten in der Nacht wecke ich dich, um zu vögeln.

Miguel ist mein Meister, mein Herr, mein Gebieter, ich lerne das auswendig. Miguel meint es mit mir gut, weiß alles, erinnert sich an nichts mehr von früher, als er leiden mußte, weil ich ihn nicht liebte, damals, beim ersten Kennenlernen, als ich ihn widerlich fand und er es merkte, aber nun habe ich mich gebessert, und Miguel verzeiht Brigitte. Miguel ist gut, weil er gut geboren ist aus seiner Mutter, gut gezeugt von seinem Vater, gut beaufsichtigt von Gott. Miguel wird immer lieben und immer zornig werden, wenn Brigitte nicht gehorcht. Miguel ist mir in Fleisch und Blut übergegangen, wiederhole das: »Miguel es mi encarnado.« Ich trage Miguel in meinem Fleisch. Miguel wird aus mir ausbrechen, wenn ich rede. Miguel wird explodieren in mir. Ich werde alles tun, was Miguel von mir verlangt, denn ich werde ein guter Mensch sein. Wiederhole das. Und dann verdiene ich Miguel. »Y entonces me merezco a Miguel.«

Vor meinen Eltern Angst haben. Was würden sie sagen. Sie wissen nicht, daß ich sie verraten habe. Ich habe Miguel gesagt, daß mein Vater SS-Arzt war.

Mein Vater: das Hemd, die Krawatte. Der Krawattenknopf. Der muß immer gut sichtbar sein. Der Adamsapfel. Und wie der Vater spricht. Und wieder ist es Miguel, der redet. Deine Eltern freuen sich, daß alles gutgeht, daß du studierst, daß du mich hast. Schreibe ihnen, daß wir kommen.

Es ist Oktober. Die Monate vergehen langsam. Ich habe Sehnsucht nach Walter Davy. In Wien hatte ich mich in ihn verliebt. Ich schreibe ihm einen Brief. Daß ich in Spanien bin, weil es hier warm ist. Weil die Spanier laut reden, und das tut mir gut, weil ich schlecht höre, ich bin fast taub. Ich erzähle ihm einiges. Walter Davy antwortet mir, vieles, was vorher unverständlich gewesen sei, sei nun verständlich. Nun bin ich aber noch immer nicht sicher, ob das hier richtig ist. Wo ich bin. Was ich tue. Ich denke immer: glückliche Tiere. Die Spanier essen nur und sehen fern. Die Spanier kennen nicht Grillparzer. Wenn Miguel einen Unfall hätte, gegen einen Baum würde er rasen, ganz tot wäre er, könnte ich meinen Koffer gepackt heimbringen und sagen, daß ich wieder zurückkehre, weil er verunglückt ist. Aber so gibt es kein Zurück. Meine Eltern würden böse werden. Daß ich nicht weiß, was ich will. Das haben sie mir vorgeworfen, das sagt Miguel, das ist wahrscheinlich mein Schicksal. Miguel sagt, wenn wir verheiratet sind, wird alles gut. Drei Kinder werden wir haben. Er hat mir Fotos geschenkt von sich, als Baby. Miguel sagt, wir werden Sex haben noch und noch.

Du mit deiner Lügenwelt, sagte er. Du lebst in einer Lügenwelt. Ich sage dir die Wahrheit. Schauspielerin bist du nicht geworden, weil du Angst hast. Vor einer Niederlage! Weil du ein Feigling bist. Und nur die Feiglinge denken an Selbstmord! Die Mutigen stellen sich dem Leben! Ich bin ein Mutiger! Deshalb werde ich nie Selbstmord begehen. Außer, wenn du mich verläßt. Dann sprenge ich die Kaserne samt allen meinen Kameraden in die Luft. Aber das ist dann eine Kriegshandlung. Du bist für Spanien verantwortlich, merkst du das? Und ich lasse dich nicht gehen, denn ich weiß, was für dich gut ist. Im Juni stelle ich mich Fernando und frage ihn, ob er dich aufrichtig liebt. Dann werden er und ich wie Männer reden, und ich konfrontiere ihn. Ich werde ihm sagen, was war. Und er wird verstehen. Männer verstehen einander letzten Endes immer, wenn sie miteinander reden. Wir werden uns versöhnen, Fernando und ich. Herrgott, ich habe geträumt, daß er auf mich zukam und wir rauften, und auf einmal liebten wir uns, Körper an Körper. Ja, ich werde sagen: Höre, Fernando, deine Verlobte habe ich dir genommen, aber nur, weil ich sie liebte. Wenn du aufrichtig sagen kannst, daß du sie liebst, dann bringe ich sie dir zurück. Und wir schütteln uns die Hand.

Aber vorher muß ich den Dienst zu Ende machen in der Akademie. Hilf mir bis Juni, bleibe meine Verlobte. Um mehr kann ich dich nicht bitten. Schreibe mir Briefe in die Kaserne, wie sehr du mich liebst und daß du heiraten möchtest, das sieht immer gut aus. Schreibe, daß du mich anbetest. Deine Briefe zeige ich den Kameraden. Sie sollen sehen, wie leidenschaftlich die ausländischen Mädchen sind. Schreibe mir drei Briefe am Tag, damit ich mich freuen kann dreimal am Tag in dem tristen Leben, das die Kaserne bietet. So unterhältst du dich, und es wird dir nie langweilig, und nebenbei lernst du gut Briefe schreiben auf Spanisch. Alle Liebeserklärungen, die ich dir mache, schreibst du mir. Also, zum Beispiel: Ich brauche dich mehr als die Luft, die ich atme. Du bist meine Göttin. Du schreibst dann: Miguel, du bist mein Gott. Und solche Dinge. Alles Schöne, das du hörst von mir, das nimmst du auf und wendest es auf mich an. Deine Briefe müssen so sein, daß ich mit ihnen prahlen kann.

Wenn ich weinen mußte, unterband er es. Mit irgend etwas warf er seinen Hammer drauf. Er schlug mich nicht mit der Hand. Er grub mir immer wieder eine Grube, in die ich stürzte. Er bereitete sich gut vor. Er war voller Ideen. Er hatte die ganze Woche Zeit, sich auf die Begegnung am Samstag vorzubereiten.
»Man hat mich arretiert, ich darf dich nur bis zum Bahnhof bringen«, sagte er, dann fuhr er

weiter. »Es ist nur ein Scherz gewesen. Siehst du, dort ist die Straße zum Bahnhof, hier fahren wir schon auf der Straße nach Madrid. Mein Vater wartet! Was geht mich das Heer an, wenn mein Vater meiner harrt! Sein geliebter Sohn bin ich. Mein Vater und ich sind eins, so wie ich mit deinem Vater eins und sein geliebter Sohn sein werde. Mehr wird er mich lieben als seine Tochter. Dein Vater liebt mich jetzt schon, ohne mich zu kennen. Wie wird er mich erst lieben, wenn er mich kennen wird.«

Mir gab das nichts, ein solches Leben, mit solchen Reden. Aber sonst gab es nur noch Wien. Wieder in einem Untermietzimmer zu sein, wieder studieren zu sollen und nicht zu wissen, was, und ihn nicht haben, in Wien. Er war doch mein bester Freund!

Wien, das wäre Fernsehen. Da wäre nur die Arbeit. Und nicht einmal genügend Arbeit, pro Woche. Und wieder an den Schauspieler denken, in den ich mich verliebt hatte. Und daran, daß er verheiratet war und Familie hatte. Dann geht das Suchen wieder von vorne los: Wo finde ich einen Mann. Theater. Ich wäre so gern Schauspielerin geworden. Fremde Texte sprechen, so als waren sie eigene. Und für alles die Worte haben. Über Gefühle sprechen können. Großes, Wichtiges erleben. Auf einer Bühne. Jemand werden, eines Abends, eines Morgens. Und die Tageszeitung voll des Lobes über mich: Ich bin entdeckt und anerkannt.

Aber da ist er. Und ich brauche nur ihn. Er bewahrt mich vor dem Leben, hat er gesagt, vor schlechten Erfahrungen, vor Irrtümern, vor Fehlern. Er hat gesagt, damit es mir immer gutgeht, soll ich bei ihm bleiben. Für niemanden bin ich so wichtig gewesen, niemand ist noch wegen mir bleich geworden, niemand hat noch wegen mir erbrochen, niemand wegen mir so viel geschrieen. Und so viel gelitten, wie er sagt.
Allerdings, in meiner Heimatstadt ist auch etwas Sonderbares gewesen. Plinki hat erzählt, daß der Günther wegen mir ins Irrenhaus gekommen ist. Der Günther, sagte Roland, ist auf dem Geländer des Bahnübergangs über den Schienen balanciert. Er hat Handstände dort gemacht und Kopfstände. Auf den Händen ist er übers Geländer balanciert. Bis ihn sein Vater zum Psychiater gebracht hat.
Man kann sicher verstehen, daß ich mit dem Günther nichts mehr zu tun haben wollte, dem Plinki aber beweisen, daß ich ein guter Mensch bin. Denn ich möchte nicht schuld an jemandes Tod sein.
»Wenn du mich verlassen würdest, würde ich die Kaserne in die Luft sprengen, wenn wir schlafen, die Kameraden und ich. Ich würde eine Zeitbombe mit Dynamit bauen. Dann hätte meine Mutter einen Sohn weniger. Und viele spanische Mütter würden ihre spanischen Söhne verlieren. Möchtest du, eine Österreicherin, an so etwas schuld sein? Du bist für Spanien verantwortlich. Für

Spaniens Söhne! Verlaß mich also nicht, auch wenn es für dich schwer ist. Ich weiß, es ist alles für dich sehr, sehr schwer, denn du liebst mich und möchtest vögeln. Aber wahrlich, ich sage dir, es wird gevögelt werden am Morgen, am Mittag, am Abend und viele Male dazwischen, wenn wir erst verheiratet sind. Und Küsse, leidenschaftliche. Schon beim Frühstück!«

Billiger Kitsch. Wie sollte ich ihm das übersetzen. Bilder waren oft billiger Kitsch. Und es gab im Spanischen kein Wort dafür. Auch interessierte ihn Malerei nicht. Aber malen sollte ich. »Du, male. Und verkaufe. Was du verdienst, das teilen wir uns dann.«

Dann ließ er mich allein. Als ich klagte, fragte er, ob ich eine Gehirnwäsche wolle. »Gleich wird es dir bessergehen. Paß auf. Wir machen jetzt eine kleine Gehirnwäsche. Bist du einverstanden? Wo Argumente nichts nützen, muß man anders vorgehen.«

Er begann zu schreien, und ich wußte nachher nicht mehr, was das bedeutet hatte. Denn er sagte wieder nur, ihm seien die Nerven durchgegangen aus Liebe.

Es war bei allem, was er redete, auch Gott anwesend. Denn er hatte gesagt, er glaube an Gott. Er sagte oft, Gott sei sein Zeuge. Also glaubte ich ihm. Du glaube mir, denn ich bin gut. Gott weiß es. Und ich will dir nur Gutes und tue, was ich tue, um deinetwillen, für dein Wohl. Glaube mir, ich muß dich erziehen, denn du hast so viele Fehler. Von deinen Fehlern werde ich dir einen nach dem anderen ausmerzen. Aber du mußt mir gehorchen in allem und darfst nichts mehr fragen, denn deine Fragen sind dumm. Und deine Antworten, damit du es weißt, sehr oft auch. Also höre mir zu, wenn ich rede, denn daraus beziehst du den größten Gewinn. Ich muß schon reden mit dir wie die Prediger, wirklich, damit ich dich überzeuge. Also, soll ich dir eine Predigt halten, oder soll ich dir das Gehirn waschen? Was hast du lieber? Oder vielleicht beides zugleich?

Es wiederholte sich immer wieder, daß, wenn er zu einer bestimmten Stelle fuhr, parkte und wegging, nachdem er gesagt hatte: »Paß auf den Wagen auf, damit er nicht gestohlen wird«, das Auto danach nicht ansprang und er außer sich geriet. Jemand half ihm dann schieben, und er fuhr mit unterwegs anspringendem Wagen weiter.

Seine Wutausbrüche schüchterten mich ein, denn er war »un salvaje«, ein Wilder.

»Zu einer bestimmten Stelle« schrieb ich, weil er Wege hatte, Erledigungen, weil er Geschäfte betrat, Personen traf, ohne daß ich wußte, um was es ging. Er nahm mich mit, aber dann mußte ich »auf den Wagen aufpassen«.

Nach jeder seiner Gehirnwäschen hing ich mehr an ihm. Auch seine Ruhe imponierte mir. Seine Gedanken interessierten mich. Er erschien mir als der intelligenteste Mann der Welt, weil er mich so in der Hand hatte. Ein Leben ohne ihn konnte ich mir nicht mehr vorstellen. Wenn er drohte, mich zu verlassen, war das die furchtbarste Drohung. Wenn ich mir vorstellte, daß er sterben könnte, ebenfalls. Er sagte, es bestehe die Gefahr, daß er bei den Manövern, die sie im Freien machen würden, ein paar Tage, verunglücken könnte, und sogar tödlich. In jenen Nächten schlief ich nicht nur unruhig, sondern wünschte mir seine Beine neben meinen Beinen. Ich wünschte mir, neben ihm zu liegen, und es war, als könnte ich ihn spüren und nie mehr ohne ihn sein.

Er behandelte mich schlecht und schlechter, und ich wußte nicht was ich tun konnte, damit er freundlicher wurde. Er sagte, ich müsse anders werden, großzügiger, charmanter, mich besser benehmen, ich dürfe nicht so asozial sein. Er schimpfte, ich tauge nicht für die Gesellschaft, er nehme sich meiner an, er sei meiner müde, er langweile sich mit mir, er verabscheue mich, es ekle ihn vor mir. Wenn ich ihn streicheln wollte, stieß er meine Hand weg und rief: »Weg, du Ekelhafte.« Seine Verwandten lachten dazu. Er sagte, alles sei ein Scherz, und ich konnte nicht mehr Scherze von der Wahrheit unterscheiden. Die Wahrheit sei, daß er mich liebe, sagte er. Der Scherz sei, daß er mich »asquerosa« nenne.

Er sagte, er habe mich gebändigt, und nun gehöre ich ganz ihm. Als ich nicht wußte, wie ich meinen Eltern schreiben könnte, daß sie die Heiratserlaubnis erteilen sollten – ich war unsicher, ob nicht mein Vater recht hatte, der mich für zu jung hielt –, schrieb er einen langen Brief, den ich übersetzen sollte. Er wartete darauf, es war mir unangenehm, ich getraute mich nicht zu sagen, daß ich ihn nicht mehr heiraten wollte und über die Weigerung meines Vaters, die Erlaubnis zu erteilen, froh war. Ich war sogar sehr froh und dachte: Mir kann nichts passieren, weil ich doch immerhin die Tochter meiner Eltern bin. Ich wußte nicht, daß sie mir nicht helfen würden und von da an mein Leben einen schrecklichen Verlauf nehmen würde. Er sagte, ich solle den Brief übersetzen und unterschreiben, er würde ihn gleich mitnehmen. Der Brief war eine Drohung. Wenn sie mich jetzt nicht heiraten lassen würden, und zwar Miguel, den ich »mehr liebe als mein Leben«, so würden sie später, wenn ich die Volljährigkeit erreicht hätte, keine Tochter mehr haben. In der Hoffnung, daß meine Eltern merken würden, daß ich den Brief unmöglich selbst geschrieben haben konnte, unterschrieb ich. Er nahm ihn mit.

Er gab mir ein Buch über Schweinezucht, das sollte ich aus dem Deutschen übersetzen. »Joaquin macht dann die Veredelung. Du übersetzt es ihm aus dem Deutschen ins Spanische, und er verbessert es dann. Er kann aber nicht genügend Deutsch, um es ganz allein zu übersetzen. Tu ihm

den Gefallen, du bekommst ein paar tausend Peseten. Siebentausend für dich, dreizehntausend für Joaquin.« Ich hatte keine Lust, etwas zu übersetzen, was von Schweinen handelte. Die Pfoten, die Hufe, die Ohren, die Zähne, der Schwanz, alles war gezeichnet und genau eingeteilt. Ich dachte, daß man diese Schweine dann ja doch nur essen würde, wenn sie gemästet waren.
Er und sein Vater lachten über Dinge, die ich schrieb. Ich kannte die korrekten Bezeichnungen weder im Deutschen noch im Spanischen. An der Uni hatte ich das Dolmetscherstudium aufgegeben, als ich eine bestimmte Holzverarbeitungsmaschine weder im Deutschen kannte noch auf Spanisch. Wenn ich mir unter etwas nichts vorstellen konnte, wollte ich es nicht übersetzen.
Ich war sehr penibel, so wie ich nun penibel versuche, dieses Buch zu schreiben. Denn es war ja keine Liebesgeschichte, sondern etwas ganz anderes. Und irgend jemand müßte es doch interessieren. Irgendeinen Mann.
Einen Menschen finden, der fragt: Hat er dir etwas zuleide getan? Wie heißt er? Wo wohnt er? Wie willst du, daß ich ihn umbringe. Möchtest du seine Leiche sehen?
So wie er selbst immer redete. Und er würde jeden umbringen, der mich anfaßte.
Einem Mann, der Miguel H. tötet, würde ich jeden Tag das Hemd bügeln.
Müßte ich es selber tun, ach, ich würde es gerne machen, bei Straffreiheit. Vor ihn hintreten, Pisto-

le zücken: Jetzt bist du dran. Wünsch dir noch was, denn das ist deine letzte Minute. Aber das sind Träumereien. Die verfolgt man nicht. Man opfert nicht die Freiheit, wenn es um ein Leben geht, das irgendwie weiterzuleben ist.

Heute habe ich Schmerzen, wenn ich für meinen Sohn kochen soll, ihm die Wäsche richten, für ihn aufräumen, mich für seine Schulaufgaben interessieren. Arbeiten, wie ich für Miguel H. gearbeitet habe. Ich leide, weil ich mich immer geopfert habe, mein Leben lang, anderen Menschen. Und weil ich kein eigenes Leben kenne.

»Quieres que te lave el cerebro un poquito«, fragte er mich immer wieder. Möchtest du, daß ich dir das Gehirn ein bißchen reinige?

Ich nickte meist, denn ich konnte mir unter einer Gehirnreinigung nur vorstellen, was er mir gesagt hatte. Daß ich dann »limpia y pura, nueva, sin dudas y sana« emporsteigen würde aus irgend etwas, also sauber, pur, neu, ohne Zweifel und gesund.

Ja, sagte ich, denn das Gehirnwaschen war ja wichtig. Er fragte es immer wieder. Es war das Ende der Diskussionen, des Streites. Denn das Wort »Streit« hatte auf Spanisch die Bedeutung von »discusión«, beziehungsweise umgekehrt. Ich wußte, wenn die Gehirnreinigung kam, dann konnte mir nichts mehr geschehen. Dann würde ich nicht mehr streiten und keine Wünsche mehr haben, sondern nur noch Miguel lieben. Und ich sehnte mich natürlich danach, ihn zu lieben und anzubeten. Er sagte, daß er mir alle Wünsche erfülle, weil er sie errate. Und ich solle an ihm nicht zweifeln, er würde mich den Weg des Glücks führen, den »camino de la felicidad«, und dazu müsse er mir nun das Gehirn ein wenig waschen, damit ich begriffe, was ihm an mir fehle, und das würde er mir einpflanzen, damit aus der alten

Brigitte eine neue würde, und die alte Brigitte sei schon alt und verbraucht, und sie habe viel zu lange gelebt, und die neue Brigitte würde jung und schön sein, und diese sei dann die gesunde, die andere sei krank, und weil sie schon so schäbig sei und so häßlich, würden wir sie töten. Und wir sagen gemeinsam: Töten wir die Brigitte, die du warst, und machen wir die lebendig, die du sein wirst. Und deine Erinnerungen löschen wir. Deine Erinnerungen an jemanden, du weißt schon. Und wir löschen das alles, und du löschst mit mir. Es hat nie einen anderen Mann als Miguel gegeben. Und es wird nie einer sein. Außer mir. Und du sagst: Ich identifiziere mich voll mit den Plänen von Miguel, und für ihn lebe ich, so wie er für mich lebt. Und was Miguel auf der Akademie lernt, wendet er bei mir an. Und so wie sie aus ihm den Soldaten machen und den Vaterlandsverteidiger, so macht er aus mir die Miguel-Dienerin und die Braut, die sich nach einer Hochzeit sehnt, möglichst bald, damit wir kleine Kinder haben können, die uns bewundern und uns brauchen, und für die wir alles tun werden, damit sie glücklich sind. Und erzählt mir, wie die Kinder sein werden und was sie fragen, zwei Buben und ein Mädchen, und das Mädchen wird so heißen wie seine Schwester Marina, und sie wird sehr schön sein, und die Buben werden heißen so wie sein Bruder und er, Alberto und Miguel, nicht zu verwechseln mit dem kleinen Miguel, dem Miguelin, den er am Körper trägt.

Und die Gehirnwäsche ist sehr angenehm, weil sie wie ein Traum ist, schöner als ein Traum, sie ist Realität. Und die Zukunft wird so sein, wie er sagt: glücklich, glücklich. Wir werden glücklich werden. Das glücklichste Paar der Welt in der glücklichsten aller Nächte, unserer Hochzeitsnacht. Und jede Nacht wird eine glückliche Nacht sein, mit vielen Orgasmen, ungezählten, kleinen und großen, himmlischen, »celestes«, und: Du weißt nicht, was ein Orgasmus ist, aber du wirst es wissen. Beim Orgasmus sieht man Gott und hört und sieht man die Engel. Und dies alles wirst du erleben, Nacht für Nacht; am Tag X, wenn du deinen Orgasmus hast, dann wirst du begreifen. Und du wirst nie mehr von mir fortgehen wollen, und du wirst wissen: Es hat sich gelohnt, auf Miguel zu hören, Miguel ist der beste aller Männer, Miguel ist mehr als ein Mann, Miguel ist ein Sieger. Ein »triunfador«. Ein »luchador«, ein Kämpfer. Mit Miguel kann ich das Leben meistern, und allein meistere ich es nicht, sage dir das, bittet er, und er seufzt: Ach, ich würde dich schon so gerne glücklich machen. Ich wäre schon so gerne mit dir verheiratet. Aber leider, leider, viele Hürden sind noch zu nehmen. Oft muß ich dich noch umerziehen, damit du zu mir paßt. Ich sehne den Tag herbei, an dem du freiwillig meine Frau sein wirst, rief er, und er schien zu Gott zu sprechen, denn er hob die Hände überm Steuer, schaute in die Nacht hinaus, in den Tag, je nachdem, wohin er fuhr, mit mir da-

neben, und wann. Er rief die Worte zum Himmel empor, das fühlte ich, und er konnte beten, laut und lauter werden, und es beeindruckte mich sehr. Wenn wir ankamen irgendwo, riß mich ein »Steig aus!« aus den Träumen. Ich war gehirngewaschen und endlich frei, wie er sagte. Frei von Zweifeln und frei von Klagen. Ich wollte gar nicht so schnell aussteigen, aber wir mußten jemanden treffen.
»Lächle, wenn du aussteigst. Und vergiß nicht, dein Kleid hinunterzuziehen, denn sonst sieht jeder deine Unterhose.« Er riß mich aus den Träumen. Aber ich war sanft. Er hatte mir vieles ausgetrieben, ich wußte nicht mehr, was ich gefragt hatte, worin ich zu widersprechen gewagt hatte, es war alles fort, ich war wieder die Verlobte.

Ich war nicht süchtig nach Gehirnwäschen. Sie schienen nur der einzige Ausweg für ihn zu sein, wenn er schlechter Laune war, aus einem »estado de mal humor«. Sie schienen etwas zu regeln, für ihn, sie waren ein Angebot. Was machen wir jetzt, fragte er, was machen wir nur, schau, ich könnte dir das Gehirn ein bißchen waschen, willst du. Auf Spanisch klang es so: »Quieres que te de un lavadito de cerebro. Saldrás más pura y más limpia despues.« Du wirst klarer und reiner daraus hervorgehen, möchtest du eine kleine Gehirnwäsche. Immer sagte ich ja. Immer vergaß ich nämlich, was es war. Immer wieder machte er es, und immer wieder vergaß ich den Zusammenhang.

Da war das Brüllen, dann war Stille. Die Erlösung. Das Brüllen wie von schwarzer Farbe, Tinte vom Tintenfisch, der Fische anschwärzt, in Nebel hüllt, damit sie ihn nicht sehen. So ähnlich muß es für ihn gewesen sein. Er bot die »lavaditos« an, manchmal auch »lavadazos«, große Gehirnwäschen. Ich sagte ja, denn ich dachte an Reinigung. Er würde etwas machen mit mir, das wußte ich. Es würde vielleicht gut sein, interessant, ich wußte nicht, was kommen würde. Dann schrie er. Dann hatte ich mein Blackout. Dann war alles ausgelöscht. Es gab nichts mehr außer seinem Gebrüll und seinen Grimassen. Ich schaute gebannt auf ihn, ich weinte nicht, ich wußte nicht, wie lange es dauern würde, womit ich es verdient hatte. Ja, weil ich so schlecht war. Das wußte ich schon. Und von meiner Schlechtigkeit konnte er mich nur erlösen, wenn er dann zu schreien aufhörte und sagte: »Jetzt verzeihe ich dir. Verzeihe du mir auch, Liebling.«

Er sagte, ich solle verzeihen, aber ihm seien die Nerven durchgegangen. In Wirklichkeit, wußte er, was er vorhatte, schon, wenn er rief: »Komm, wir fahren spazieren.«

Auch wenn er mit mir hinunterfuhr im Lift und dann zum Auto ging. Wenn ich eingestiegen war und er aus der Stadt hinausfuhr. Irgendwo auf der freien Landstraße bremste er. Dann begann er ein Gespräch. Er fragte etwas, dann fragte er noch mehr, und irgendwann fing er an, fürchterlich zu brüllen.

Er schimpfte und beschimpfte mich, er trichterte mir etwas ein, und wenn ich benebelt war und unter Schock, gab ich Dinge zu, die ich vorher nie zugegeben hätte.

Ich sagte mir, daß er leider verrückt wurde von Zeit zu Zeit, und daß ich das ertragen können mußte, denn so war er nun einmal, hin und wieder krank, hin und wieder fürchterlich unglücklich.

Daß es Gehirnwäschen waren, die er gedanklich vorbereitete, wäre mir nicht in den Sinn gekommen. Ich war nachher dankbar, daß er aufhörte zu brüllen. Er bat um Verzeihung, die Nerven seien ihm durchgegangen, und aus Liebe. Dann tat ich Dinge, die er wollte, nicht ich.

Ich wußte nicht, daß mich diese Behandlungen unfähig machen würden, später neben einem Mann in einem Auto zu sitzen ohne Angst zu haben. Und daß meine Blackouts schon begännen, wenn ich nur in ein Auto stieg. Ich war darauf gefaßt, daß sich alles bei jedem Mann wiederholen würde.

Ich wußte nicht, daß ich verlernen würde, meine Meinung zu sagen, Angst haben würde beim bloßen Gefragtwerden, Angst bei jedem Schweigen. Daß ich Menschen, die gut zu mir waren, fortstoßen würde, Menschen, die mich schlecht behandelten, anziehend finden würde, denn es würde bei solchen ja immer etwas gutzumachen geben, sie würden meine Chance sein, zu beweisen, daß ich ein guter Mensch war. Und ich

würde mich zielsicher verlieben in Männer, die plötzlich losbrüllen oder sich sonst etwas einfallen lassen.
Nur bei Live-Sendungen im Fernsehen würde ich eine Meinung haben und sie mutig vertreten. Denn Live-Sendungen haben Millionen Zuschauer. Diese Zuschauer sind Zeugen. Da kann mich niemand anschreien.

Manchmal ahnte ich, daß es nicht stimmte, wie er mich sah. Mitten im Verkehrslärm kam mir auf einmal etwas seltsam vor. Wir waren beide an einem Straßenrand gestanden, um zu warten, bis wir die Straße überqueren konnten. In der Sekunde, in der ich begriffen hatte, daß ein schnelles Auto kam, trat ich einen Schritt zurück, die Gefahr erkannt habend und mit guter Reaktion. Und obwohl ich bereits wieder neben ihm stand, stieß er ein »Vorsicht ...!« hervor, so als habe er mich aufmerksam zu machen auf eine Gefahr.

Ich weiß nicht, ob es mir jetzt gelingt, zu sagen, was ich meine. Es war ein Moment, in dem ich erkannte, daß er zerstreut war und »Vorsicht ...!« automatisch sagte, wenn er mit mir ging, mich am Arm packend, mich hindernd, einen eigenen Schritt zu tun. Er nannte mich »somnambula«, »Unvorsichtige, die einmal von einem Auto überfahren werden wird«. Ich war vollkommen sicher, daß so etwas mir niemals zustoßen würde, denn ich war vorsichtig im Verkehr.

Noch eine andere Szene ist mir in Erinnerung geblieben. Ein Sonntagvormittag; ausnahmsweise hatte er sich bereit erklärt, mit mir spazierenzugehen. Er ging ja in kein Museum und in keine Kirche, noch zeigte er mir sonst eine Sehenswürdigkeit. Er zog sich an, für den Spaziergang, und wir schritten ein Trottoir entlang. Es gab dort Tische und Stühle einer Konditorei im Freien. Es war schönes Wetter, und er ging sehr steif. Sein Gesicht, bleich, angespannt, verkniffen. Sein Oberkörper, emporgereckt, und er schien an fürchterliche Dinge zu denken. Ich konnte mir nicht erklären, was er hatte, warum er sich nicht freute an dem Sonntag und am Wetter und, vor allem, mit mir. Ein Spaziergang war ja etwas Harmloses. Warum tat er, als habe er sich zu etwas Verbotenem überwunden.

Ich freute mich, mit ihm unterm Himmel zu sein. Madrid kennenzulernen, mit ihm, er hatte es mir versprochen.

Sei still, rede nichts. Frag nichts. Schau mich nicht so an, schau auf den Gehsteig.

Rede nicht so lang. Schau die Leute nicht an. Schau mich nicht an.

Er schien enorm beunruhigt. Ich konnte es mir nicht erklären und dachte nach, ob ich etwas Böses getan hatte, ob ich an der Situation schuld war. Er freute sich einfach nicht, er setzte sich mit mir an einen der Tische, wir bestellten etwas, er blieb merkwürdiger Laune.

Ich bedauerte es, ihn gebeten zu haben, den Spaziergang zu machen. Wie es ausging, weiß ich nicht mehr. Es ist mir nur in Erinnerung, daß ich ihn nicht verstand. Ich glaube, er sagte, er habe Magenschmerzen, sei müde, fühle wieder die Gastritis, und es sei ein Opfer für ihn gewesen,

die Wohnung zu verlassen. Paare an den Nebentischen flößten mir Neid ein. Sie waren freundlich zueinander, sie lächelten und lachten, und auf einmal war mir, als dürfe ich, weil ich Ausländerin war, mich mit jenen Frauen nicht messen. Als verdiene ich, weil ich keine Spanierin war, das Lächeln meines Verlobten nicht.
Ich schaute ihn an, und ich prüfte wieder, ob ich sein Gesicht schon kannte und ob ich ihn genügend liebte. Er sagte etwas wie »schau mich nicht an«, und dann wollte ich nicht mehr ich sein. Eine dunkelblaue Strohhandtasche, geflochten, ein beige-dunkelgerändertes Garnkleid, gestrickt, Clips an den Ohren, Lippenstift auf den Lippen, Schminke auf den Augen, Parfum auf der Haut, Haare kurz geschnitten im Nacken, vorne lang ins Gesicht fallend, »mach dich hübsch«, hatte er gesagt. Nun war ich »hübsch«, aber etwas verdarb ihm den Sonntag.
Ich fühlte, wie unnütz ich war. Die Luft war wie eine Mauer zwischen ihm und mir. Ich verstand nicht, wer er war und wer ich zu sein hatte.
Wahrscheinlich hätte er geantwortet: Nichts hast du zu sein, du gehörst mir, und das ist alles, was ich dir zu sagen habe.

Zeit gewinnen. Die Zeit vergehen lassen, vielleicht wird der Sommer nicht so lang. Vielleicht werden wir heiraten auf Mallorca. Ich werde ein weißes Kleid tragen und von einem Schiff heruntersteigen. Ich werde an Land gehen mit einem weißen Schleier. Mein Vater wird mich führen. Das Meer wird blau sein. Wir werden die schönste Hochzeit haben. Er sagte es immer wieder. Glücklich, glücklich, glücklich werden wir sein. Das Wort »glücklich« sagte er so oft.
Er fuhr zu seiner Mutter nach Valencia und ging dort mit mir spazieren. »Deine Schwester heiratet einen Engländer, du einen Spanier. Schau dir an, was für eine Familie! Unsere Kinder werden international sein.«
Seine Mutter zog in eine eigene Wohnung ein. Sie hatte plötzlich Geld. Wahrscheinlich hatte er es ihr gegeben. Sie kauften Möbel, und wir fuhren dazu aus Valencia hinaus in die Vorstädte.
Auf der Straße, als die Sonne hereinschien ins Auto, war es plötzlich da. Das Totstellen. Der Totstellreflex. Ich stelle mich einfach tot, denn ich kann sein wie ein Käfer. Ich werde mir nicht anmerken lassen, daß ich lebe.

Süßes Gefühl, einmal nicht mehr mit ihm zusammen zu sein. Auf der Straße nach ich weiß nicht wo. Wir fahren seine Cousine und deren Mann und deren Kinder besuchen. Gerade Straße. Weißes Kleid, irgendwo. Ich sehe nur einen Streifen davon, blauer Himmel, Meer, wahrscheinlich. Gerade Straße, schneeweiß. Nein, das ist das Kleid. Wir werden in einem Sommerkleid heiraten. Das heißt, nur ich allein. Nicht nur ich werde heiraten, sondern er auch. Aber er wird das blau-weiß karierte Hemd tragen, in dem ich ihn kennengelernt habe. Eine Sommerhose. Und ich das Kleid. Aber ich werde ja dann gar nicht mehr mit ihm zusammen sein. Bald kommt die Rettung.

Es ist so süß, an die Rettung zu denken. Etwas wird geschehen. Und dann muß ich ihn nicht heiraten. Ich bin ganz sicher, daß mich im letzten Moment ein Engel davonträgt. Wahrscheinlich, wenn ich über die Brücke steige.

Dort wird ein Steg sein, vom Schiff zum Hafen. Ich komme auf dem Meer daher. Dann der Steg. Dann steige ich, in Stöckelschuhen, mit Schleier, von dem Boot auf eine Brücke. Dort ist Hafen. Beton. Man tritt fest auf und hat einen Schleier auf dem Kopf, wahrscheinlich. Dort ist mein Vater, seine Mutter, seine Eltern, meine Eltern, und ich trage ein Sommerkleid.

Ich höre im Radio, wie sie das wieder spielen. Simon und Garfunkel heißen die beiden. Sie singen so schön. Das Lied ist, wie wenn Fernando es singen würde. Fernando werde ich wiedersehen. Braun ist die Nacht, dunkelbraun die Häuser von

Madrid. Fernando wartet auf mich. Bei dem Lied könnte ich weinen.
Gut, daß er nicht weiß, daß ich bei dieser Musik an Fernando denke. Sie kommt immer dann, wenn ich glaube, daß ich nicht mehr weiterkann.
Miguel trägt ein weißes Hemd. Er ist gut gelaunt. Ich muß immer achten auf seine Stimmung.
Irgend etwas sagt er vom Sommer. Der Sommer schaut zu uns herein. Ja, durchs Radio. Ich sage zu Miguel gar nichts. Ich bin sehr ernst. Ich höre die Musik und tue, als ob sie mich nichts anginge. Miguel soll nichts merken, Miguel wird nie etwas wissen. Miguel kann ja gar nicht Deutsch. Auf Deutsch werde ich dieser Hochzeit entfliehen, auf Spanisch heirate ich. Das ist alles nur auf Spanisch.

Auf der Rückfahrt kitzelte er mir die Klitoris. Sein Bruder lenkte, die Mutter saß vorne rechts, Miguel hinten im Dunkeln neben mir. Ich kann ohne dieses Vergnügen nicht mehr leben, sagte ich mir, und seine Hand war dazu unentbehrlich. Ich wußte nicht, daß ich es auch selbst machen hätte können.
Er nannte mich bei der nächsten Gelegenheit wieder Hure, für das Vergnügen. Es muß aufhören, daß du so eine Hure bist.

Er ließ mich allein nach Österreich fahren, aber die Fahrkarte galt nur bis zum Ende der Schweiz. Sein Bruder Alberto hatte sie mir gekauft. Ich weiß noch, wie Alberto mit der Frau am Schalter redete. Eine Fahrkarte nach Österreich, durch die Schweiz, mit einem Koffer, und von Österreich nicht mehr zurück, sondern von Österreich wird sie fliegen, wenn mein Bruder es ihr sagt, mein Bruder zieht nach Mallorca, dort haben sie ihn hinbeordert, und in Mallorca wird er eine Wohnung finden, und wenn sie heiraten dann, auf Mallorca, mein Bruder und sie (Alberto zeigt auf mich), diese Ausländerin, dann wird sie mit dem Flugzeug von Österreich nach Mallorca fliegen, also, wir brauchen jetzt eine Fahrkarte, nur einfach (er muß es der Frau erklären) ganz allein für diese Frau, und mit dem großen Koffer hier.
Die Frau kalkuliert. Sie gibt die Fahrkarte und verrechnet die Peseten.

Ich habe keine Erinnerung, wie die Fahrt verlief. Plötzlich war ich in Zürich. Hauptbahnhof. Ein Mann begleitete mich. Er sagte: »Es gibt einen Witz. Zürich ist doppelt so groß wie der Wiener Zentralfriedhof, aber nur halb so lustig.« Wir erfuhren, daß ich keinen Anschluß mehr hätte. Ich sollte in eine Jugendherberge gehen, aber in einer Schweizer Jugendherberge getraute ich mich nicht zu übernachten. Ich fürchtete die Jungen. Sie würden mich auslachen, wenn sie wüßten, daß ich mit Miguel zusammen war. Niemand durfte es wissen, aber ich liebte ihn nicht.

Ich rief bei den Petermanns an, Freunde meiner Eltern. Sie luden mich ein, und ich blieb bei ihnen ein paar Tage.

»Das ist die Tochter vom Hausarzt«, sagte Elfi, wenn sie mich vorstellte.

»Ja, gescheit sieht sie aus, sie hat eine hohe Stirn«, lobte mich eine Schweizerin.

Zu Hause erzählte ich meiner Mutter nicht besonders viel, sondern bereitete mich auf die spanische Hochzeit vor. Das Kleid wurde genäht. Ich hatte Freude, weil es hübsch war, aß aber nichts mehr. Meine Eltern redeten wenig mit mir. Sie waren wegen des Briefes erschüttert, schwiegen aber darüber. Ich konnte ihnen nicht sagen, was geschehen war. Dazu hätte ich ja wissen müssen, daß ich nicht ich selbst war, daß ich unter Einfluß war, daß er Methoden der Gehirnwäsche an mir angewendet hatte. Daß nichts von dem, was ich vorgab zu wollen, noch mein Wille war.

Mein Vater war, so wie immer, wenig zu Hause und meistens bei seiner Freundin. Meine Mutter kümmerte sich um meine kleinen Schwestern und um sich selbst. Wir saßen selten beisammen. Freundinnen kamen. Wir hörten Schallplatten.

Ich sagte zu meiner Mutter: »Eigentlich würde ich gern nach Südamerika gehen.«
»Nein, nein, du heiratest den Miguel, jetzt bleibst du schon dabei. Spanien ist nicht so weit. Nach Südamerika, was fällt denn dir ein.«
Nach einigen Wochen fuhr ich nach Wien.

Meine Tante Gitta ließ mich bei sich übernachten und brachte mich am nächsten Tag zum Flughafen. Im Flugzeug spürte ich es: Je mehr wir uns Mallorca näherten, um so weniger konnte ich mir vorstellen, jemals mit Miguel verheiratet zu sein. Ich bekam ein schlechtes Gewissen. Mein erstes Gefühl, als ich ihn sah, war Verachtung und Haß. Ich empfand ihm gegenüber wieder ganz genau so wie im Sommer 1967 beim Kennenlernen. Ich konnte es mir aber nicht erklären und hatte schwere Schuldgefühle. Er benahm sich freundlich, und ich wollte so bald wie möglich mit ihm in einem Bett liegen, damit das Gefühl der Fremdheit verging. Als ich ihn nah bei mir spürte und ihn roch, war ich zufrieden. Mehr erlebte ich nicht.

Durch das Anschreien gab er mir immer das Gefühl, ungeheuer wichtig für ihn zu sein. Es gab sonst nichts, was uns verband, außer, wenn er mich anschrie. Dann fühlte ich mich an ihn gebunden, denn das Schreien war international. Eine Sprache, in der kein Unterschied mehr war zwischen einer Nation und einer anderen. Durch das Schreien, durch seinen Versuch, mich zurechtzubrüllen, mich zusammenzu»stutzen«, wie man es beim Militär nannte, mich zusammenzu»stauchen«, wie mein Vater erzählt hatte, daß es so beim Militär geschah, wurde ich willfährig. Ich tat nur noch, was er wollte, und ich fühlte mich an ihn vollkommen gebunden. Zwischen ihm und mir war dann kein Unterschied mehr. Er hatte meine Persönlichkeit ausgelöscht, ich war gehorsam und fügsam, und ich tat nur noch, was er befahl. Mechanisch ging ich zu der Schule, die er für mich ausgesucht hatte, mechanisch ging ich wieder heim. Ich empfand die Welt rund um mich herum als grausig, und ich war nur beruhigt, wenn ich wieder bei ihm war. Ich wurde vollkommen abhängig von ihm. Von seinen Launen, von seinen Stimmungen. Ich beobachtete ihn genau, zeichnete ihn, vergötterte ihn, denn seine Mutter hatte ihn vergöttert, seine Schwester, sein Bruder, alle schienen ihn zu lieben und zu brauchen. Warum also nicht auch ich. Dann wieder verachtete ich ihn aus tiefster Seele, weil er mich zu so etwas zwingen wollte, römisch-katholische Heirat, was ich nie gewollt hatte. Jetzt wurde es mir bewußt. Ich hatte niemals im Leben kirchlich heiraten wollen, ihn nicht, niemanden, denn ein solches Versprechen konnte man nicht geben, Treue bis zum Tod, niemals einen anderen Mann mehr ansehen. Man wußte doch nicht, wer einem noch begegnen würde. Und ich war voller Lust gewesen, das Leben und die Welt kennenzulernen. Er, der gesagt hatte, daß er die Kirche haßte, würde mich nun zu so etwas zwingen.

Wir haben es geschafft, sagt er, die Verlobung liegt hinter uns, die Hochzeit steht vor der Tür. Wir sind beinah, beinah, beinah schon ein Ehepaar.
»Verheiratet«, das Erlösungswort. Alles auf dieses Ziel hin. Wenn einmal »verheiratet« gilt, haben alle Sorgen ein Ende. Dann ist der Bann gelöst, der über mir liegt: mit ihm geschlafen haben und es niemandem sagen sollen. Dann darf ich mich offen zu unserer Sexualität bekennen. Dann muß ich nicht mehr so tun, als wäre ich eine Jungfrau, ich, die ich die Jungfräulichkeit loswerden hatte wollen, damit man mir nicht anmerkte, von weitem schon, daß ich noch eine Jungfrau war, etwas Verächtliches, im Frühling 1968 in Wien; ich mußte nun monatelang so tun,

als wäre ich noch eine, und ich wußte nicht, wie man Keuschheit vorgeben sollte, sich nicht bewegen, nicht mehr natürlich sein, sondern verkrampft, neben Miguel, der dafür um so natürlicher sich bewegt. Mit einem Anhängsel, wie er es nennt, das ihm sehr auf die Nerven geht.

In dem beigen Kleid mit den blauen Rändern. Mit der blauen Handtasche. Mit den Stöckelsandalen, dem Lippenstift, den Clips, den getuschten Wimpern, dem Lidstrich, dem Make-up, dem Puder. Ich werde »Puppe« von ihm genannt und sehe aus, so sagt er, wie ein Mädchen aus einer Illustrierten. »Du, rede nicht viel!« sagte er, als wir einen Bekannten meiner Mutter besuchen gingen in ein großes Hotel, er war auf Besuch in Spanien. »Rede nicht, laß ihn reden. Wenn er etwas sagt, was mich interessieren könnte, dann übersetzt du mir. Aber selber rede so wenig wie möglich, damit er sich anstrengt, uns zu unterhalten.« Der Bekannte sagt, er hat mir Parfums mitgebracht. Es ist eine schöne Schachtel. Parfums aus Paris, viele kleine, er überreicht sie mir. Ich weiß nicht, was ich vor Freude tun soll. Ich bin immer so erschüttert, wenn man mir etwas schenkt.
Dann liegt er mir in den Ohren: Meine Mutter hat kein Parfum, ach, meine Mutter, sie ist zu bedauern, sie hat noch nie in ihrem Leben ein Parfum aus Paris gehabt. Meine arme Mutter, die von ihrem Mann verlassen worden ist, der sie betrogen hat, der von ihr getrennt lebt, mit einer

Schlampe zusammen, von Tisch und Bett getrennt, ach, was für Freude würde meine Mutter mit diesen Parfums haben.

Er sagt, daß man schenken muß, alles, was einem geschenkt wird, weitergeben. Darin bestehe der wahre Verzicht und die Gottgefälligkeit. Gott würde sich freuen, wenn ich die Parfums seiner Mutter gäbe. Gott hat viel Mitleid mit meiner Mutter, sagt er. Gott will, daß du meiner Mutter eine Freude machst. Ach, diese schönen Parfums, wie klein sie sind und wie gut sie riechen müssen. Nie hat meine Mutter schön riechen können mit den spanischen Parfums. Spanische sind nie so gut wie die französischen. Diese Parfums sind echt, paß auf sie gut auf und verschwende nichts, denn eines Tages werden sie ja doch meiner Mutter gehören. Ich weiß, daß du jetzt nichts sagst, weil du nachdenklich bist. Aber in deinem Herzen hast du schon beschlossen, daß du sie ihr geben wirst, oder? Bin ich nicht die Stimme deines Gewissens? Dann gib mir die Schachtel, ich schicke sie ihr gleich.

Was willst du beweisen? Du hast mir Briefe geschrieben, daß du heiraten willst, also halte den Mund. Die Briefe habe ich aufbewahrt. Meine Kameraden haben die Briefe gelesen in der Kaserne. Ganz Spanien weiß, daß du mir vorgelogen hast, du willst mich heiraten. Beantworte mir eine Frage: Liebst du mich oder magst du mich? Antworte! Ich sagte: Ich liebe dich.
Er fragte: Und Fernando hast du geliebt oder ihn nur gemocht?
Fernando habe ich gemocht, sage ich.
Also, dann können wir heiraten, antwortete er.
Seine Mutter saß daneben. Mama, rief er, dieses Mädchen hat mir ein Dreivierteljahr lang vorgeschwärmt, wie gut es wäre zu heiraten, wie schön es wäre, Kinder zu haben, wie angenehm es wäre, für immer zusammenzubleiben! Mama, was soll ich tun? Ich kann dieses Mädchen doch nicht gehen lassen? Dann will sie zu mir zurück, und ich kann sie dann nicht zurücknehmen! Mama, was meinst denn du? Besser eine Heirat und dann sehen, daß es nicht geht, als es nicht probiert haben. Eine Trennung ist nichts so Lächerliches wie eine Hochzeit, die man absagt. Bevor ich uns lächerlich werden lasse in den Augen der Gesellschaft, mache ich uns lieber unglücklich. Mama, was meinst du?

Gesellschaft war etwas Böses. Gesellschaft war immer, was gegen uns war, in der Mehrzahl, in der Masse, uns überlegen. Gesellschaft war etwas, was höhnisch zu uns blickte: Was werdet ihr nun tun. Der Gesellschaft mußte man, wie Miguel sagte, einen Bissen in den Mund werfen, damit sie zufrieden war. Die sollen sich die Zähne ausbeißen am Gerede darüber, daß die Ehe von Miguel Herreros gescheitert ist. Als daß sie über Miguel Herreros lachen! Mama, was meinst du?

Er hatte nicht das Recht, von mir zu verlangen, daß ich Spanien verlassen mußte, wenn ich nicht gewillt war, ihn zu heiraten. Er hatte dazu einfach nicht das Recht, und er wußte das. Deshalb schrie er mich so sehr an. Und zwar in Gegenwart seiner Mutter, die das duldete. Sein Schreien war für mich ungeheuer lähmend. Geschrien hatte er schon zum ersten Mal Jahre zuvor, als wir daraufhin, nach seinem Schreien, nähere Bekanntschaft machten. Mit Schreien erledigte er alle Dinge, mich betreffend. Mit Schreien lähmte er mir den Verstand und machte mich willenlos und gefügig. Mit Schreien brachte er mich dazu, daß ich einwilligte, ihn zu heiraten. Ich war in solchem Schock, daß ich versuchte, mir das Leben zu nehmen. Ganz einfach, ein Schuß in den Kopf, dann sind seine Mutter und er alle Sorgen los, dachte ich. Aber die Waffe war nicht dort, wo ich sie vermutet hatte. Meine Hände griffen ins

Leere. Dann wurde mir bewußt, was ich hatte tun wollen. Mir vorzustellen, ich würde die Waffe finden und sie an meinen Kopf ansetzen, damit er und seine Mutter sorgenfrei wären. Ohne mich. Denn anscheinend bereitete ich ihnen immer wieder Sorgen.
Mir war nicht mehr bewußt, daß ich irgendwelche Menschenrechte hatte. Er hatte sie mir alle genommen, in den letzten Jahren. Oder war es nur ein Jahr. Ich verlor das Zeitgefühl. Ich wollte in Spanien bleiben, und er sagte, wenn ich ihn nicht heiraten wolle, müsse ich das Land verlassen und zurück nach Österreich fliegen.
Als alles hoffnungslos war, begann ich zu stricken. Wie schon vorher in Madrid, strickte ich jetzt auch einen Pullover. Diesmal einen für ihn. Es war eine Beschäftigungstherapie. Wir fuhren nach Österreich und heirateten. Danach in Spanien erklärte er, ich würde nicht beweisen können, daß ich ihn nicht freiwillig geheiratet hatte.

In dem Zimmer, das wie ein Hotelappartement ist, großes Bad, kleiner Vorraum, kleines Schlafzimmer mit einem Tischchen und zwei Sesseln an der Wand, einem Aschenbecher, einem Fenster, steht er wie ein böser Schatten vor mir. Ich sehe ihn nicht mehr genau, denke nur noch an meine Zigaretten und an meine Bücher. Zweieinhalb Jahre bin ich älter jetzt als damals, als wir uns kennenlernten. Aber was für zwei lange Jahre. Was für ein Hineinwachsen ins Leben, wie er

es nannte. Mein Leben kommt mir wie ein Trog vor, in den ich hineingefallen bin.
Mein Leben, ach, meine Ewigkeit, die ich vor mir habe. Und ein langer Tunnel, der führt zurück nach Las Rozas, woran ich nicht denken soll. Dort war es licht, dort war Eduardo. Aber an die Vergangenheit soll ich nicht mehr denken, dort ist alles schwarz überschattet, dort ist Finsternis, dort ist nichts mehr. Ich kann mich nicht mehr erinnern, einmal ein Mädchen ohne Miguel gewesen zu sein, eine Frau ohne ihn, wie wäre sie glücklich, die Frau ohne Miguel. Ich bin zwanzig Jahre alt, das ist alt, das ist viel zu alt, ich komme mir viel älter vor. Mein Leben ist vorbei, meine Jugend. Ich muß mit ihm in einem Zimmer sein, in einem Bad, mit ihm eine Toilette teilen, einen Vorraum. Man hört alles, die Wände sind dünn, warum schreit er trotzdem so. Es kommt niemand. Niemand hört ihn, wie er brüllt. Niemand sieht, wie er mich drohend anblickt, stumm, irgend etwas nachschauend in seinem Notizbuch. Immer trägt er die »carpeta« mit der »agenda«, die Aktentasche mit dem Notizkalender. Nie interessiert mich, was er drin hat, mich hat der ganze Mann, das ist die Wahrheit, nie interessiert. Mir haben nur die Lieder gefallen, die er sang, die Sprache, die er sprach. Dann sein Penis, den er verweigerte. Seine Küsse, die er mir nicht gab. Seine Zärtlichkeiten, die er mir nicht gab. Jetzt möchte er zärtlich sein, möchte mich küssen, möchte mir seinen Penis geben, jede Nacht,

sagt er, und mich schaudert, nein, es ekelt mich. Seit ich seine Gefangene bin, habe ich kein sexuelles Interesse mehr an ihm. Und dann, wenn ich allein im Zimmer sitze, schaudert es mich beim Anblick von Autos, die im Hof stehen, an der gegenüberliegenden Seite der Straße. Männer, die ihre Autos dort hingestellt haben, weil sie zum Fußballspiel gegangen sind. Gott, möchte ich noch einmal in einer Welt sein, in der mich etwas interessiert. Gott, möchte ich einmal so ein Mensch sein, der fähig ist, ein Auto zu fahren zu einem Platz, wegen eines Fußballspieles. Gott, möchte ich einmal ein Mensch sein und zu den Menschen gehören, die sich über ein Fußballmatch freuen. Ich höre die Schreie und die Rufe und den Applaus. Ich möchte zu den Menschen gehören, zu den Massen, zu den großen Menschenmengen, möchte zu ihnen gehören und nicht ich sein. Ich möchte so sein wie die anderen, sehe aber nur, daß die anderen anders sind, ganz anders als ich.

Miguel kommt und geht. »Wenn es dir einfallen sollte zu flüchten, gehe ich zur Polizei und lasse dich suchen. Dann bringt man dich in die Irrenanstalt. Keine Frau darf ohne Erlaubnis ihres Mannes in Spanien irgendwohin gehen. Du wirst nur dorthin gehen, wohin ich es dir erlaube. Du wirst mit den Menschen so wenig wie möglich reden. Am besten gar nichts. Wenn ich erfahre, daß du geredet hast, ergeht es dir schlecht. Ich sende Spitzel aus, sei getrost. Du weißt nicht, wer dich beobachtet, wenn du unter Menschen bist. Jeder kann ein Spitzel sein, also sieh dich vor. Sollte es dir einfallen, zum Flughafen zu fahren, um in ein Flugzeug zu steigen, so sieh dich vor.« Er zeigt auf seine Zunge, die er gespitzt herausstreckt. »Da habe ich es. Da schlägt mich keiner. Ich kann reden, bis alle umfallen. Mir glaubt jeder. Ich kann reden, bis ich alle überzeugt habe. Du hast gegen mich nicht die geringste Chance. Du sei schön brav jetzt und tue nur, was ich dir sage. Wir werden hier frühstücken, wir werden hier essen gemeinsam, wir werden hier abendessen, wir werden zeigen, wie glücklich wir sind, du wirst freundlich reden, freundlich antworten, du wirst immer zeigen, daß es dir sehr gutgeht und daß du mich liebst.«

Entweder das Irrenhaus oder der Tod. Er kann töten, sagt er, wenn er will, und er würde sagen, es sei aus Schmerz und aus Eifersucht und Leidenschaft und Liebe, dann würde man ihn nicht verurteilen oder ihm nur drei Jahre, höchstens, geben. Ein Offizier habe die Waffe stets zur Hand und könne morden und sagen, die Hand sei ihm ausgerutscht. Hast du verstanden? fragt er. »Damit das klar ist. Ordnung und Disziplin wünsche ich, Ordnung und Respekt, Ordnung und nochmals Ordnung und Ordnung und Dankbarkeit. Und jeden Tag wirst du gevögelt am Abend, verstehst du.«

Jetzt mußte ich etwas tun, um zu verhindern, daß er mich jeden Abend »vögelte«. Ich mußte es un-

bedingt verhindern, denn ich wußte, das würde ich nicht ertragen. Ich fürchtete ihn und haßte ihn. Ich würde nicht jeden Abend ertragen, daß er mich benutzte. Denn jetzt wußte ich schon, daß das nur ein Benützen war. Masturbation in einer Scheide, in meiner, in welcher immer, es ging ihm um die perfekte Masturbation, bei der er sich aufstützte und eine Art Liegestütz machte, auf und ab, die Augen geschlossen hatte und vor sich hinredete, wie herrlich es sei, was für ein Vergnügen es sei, und ich wußte, ich würde das nicht aushalten. Ich wußte aber auch, daß ich ihn nur im Guten dazu bringen konnte, wenn überhaupt, darauf zu verzichten. Er hatte gerufen »Du liebst mich« und »Hasse mich ja nicht, denn das würdest du büßen! Wehe, es fällt dir ein, mich zu hassen! Ich fühle den Haß gleich, und ich würde dir mit Haß antworten, denn der Haß wird beantwortet durch Haß und mit der Auslöschung. Du hast mich zu lieben jetzt, denn ich bin dein Mann. Auch wenn du nicht heiraten wolltest. Das wirst du nie jemandem beweisen, dazu habe nur ich den Schlüssel. Und ich werde es nie jemandem sagen. Sondern du wolltest mich heiraten, und das wird von nun an die Wahrheit bleiben.«
Ich mußte mir ausdenken, wie ich freundlich und vielleicht sogar neckisch zu ihm sagen würde, jeden Tag, das wäre mir zu viel, das wäre nicht gut, und er solle doch bitte, sich erinnern, ein wenig, er habe mir doch versprochen, er würde ver-

zichten, und wir seien doch gute Freunde, und vielleicht könnte er nur jeden zweiten Tag, wenn es möglich wäre, und dann fiel es mir ein: »Irgendwann werden wir ja auseinandergehen, Miguel, so wie deine Mutter gesagt hat, die Trennung von Tisch und Bett, weißt du es noch? Und da ist es besser, wenn wir uns nicht zu sehr aneinander gewöhnen, sondern im Gegenteil, abgewöhnen müssen wir uns das alles. Zuerst jeden zweiten Tag, dann, später, jede Woche, dann nur noch einmal im Monat, und wir gewöhnen es uns ganz ab, und wenn wir gar nicht mehr wollen ...«
Ich weiß nicht mehr, wie es mir manchmal gelang, ihn nicht zu reizen zu einem Zornausbruch. Natürlich am besten damit, daß ich mich, wenn er sagte »Leg dich hin!«, hinlegte. Ich bemühte mich sehr, ihn nicht merken zu lassen, daß ich ihn haßte. Seine Liegestütze über mir und sein Hineinschieben des Penis waren eine Okkupation. Ich lag wie eine Überfallene.

Ich war nur hier als seine Gefangene, auf Besuch, denn ich kannte ihn ja nicht näher und hatte auch kein Interesse mehr, ihn noch näher kennenzulernen. Ich war eine »prisionera, chantajeada«, eine Erpreßte.
Wenn du mir nicht zu Willen bist, dann erpresse ich dich eben, hatte er gesagt. Ich werde deinen Vater, der ein Nazikriegsverbrecher ist, anzeigen bei Wiesenthal. Also, schreibe den Brief an deine

Eltern, sie sollen uns mehr Geld schicken. Wird's bald? Du schreibst nur ein paar Zeilen, mit Maschine. Das genügt. Und du sage nicht mehr, daß du nicht mit mir verheiratet bist, sonst erschieße ich dich auf der Stelle. Du wirst nie beweisen können, daß du nicht heiraten wolltest. Alle würden dich nur für verrückt halten. Du hast unterschrieben bei der Hochzeit. Zweimal hast du unterschrieben! Auf dem Standesamt und in der Kirche! Wer sollte dir glauben, daß du mich nicht heiraten wolltest? Auch deine Eltern werden dir nicht glauben! Deine Eltern kennen dich, du Miststück. Und für mich bist du nichts als ein »trapo sucio«, ein Schmutzfetzen. Damit du es weißt. Mit deiner Weigerung, mich sexuell zu befriedigen, könnte ich dich anzeigen. Beim Kirchengericht. Daß du dich weigerst, eheliche Pflichten zu erfüllen. Jeder würde mir recht geben. Man kann von einem jungen Mann wie mir nicht verlangen, daß er sich sexuell enthält, nur weil seine Frau aus irgendeinem Grund, welcher immer es sein mag, kein Interesse hat, keine Bedürfnisse! Wenigstens aus Vernunft und Einsicht solltest du deinen ehelichen Pflichten nachkommen. Das Recht ist auf meiner Seite! Sowohl das Kirchenrecht wie auch das staatliche Recht, wie auch das Eherecht.

Der Tod, den macht Miguel, und ich will ihn nicht, den Tod. Ich will nicht sterben. Ich bin jung. Und ich möchte nicht, daß mein Leben zu Ende geht durch ihn. Ich möchte wieder frei sein, eines Tages, und ich möchte leben lernen. Ich weiß nicht, was ich in der Welt soll, hier, bei ihm, außer ihm die Wohnung putzen und seine Wäsche waschen, seine Wäsche bügeln, die Unterwäsche und die Hemden, die Socken waschen, die Leintücher, die Geschirrtücher, alles seine Sachen, denn alles gehört ihm. Irgendwann glaube ich aber, daß einiges auch mir gehört. Die Möbel, die Tischdecken, die Vorhänge, das Geschirr in der Küche, die Wäscherumpel auf dem Balkon, das Waschbecken, die Bücher, die Pfannen, das Besteck. Alles, was unter »Haushalt« fällt. Es war ja schließlich meine Erfindung gewesen, daß ich haushälterisch tätig sein wollte: nur, um mich abzulenken und ihn. Ich konnte nicht in einer Wohnung sitzen, die ein Appartement war, ein Hotelzimmer, mehr nicht, in einem Gebäude, das »Residenz« genannt wurde, »residencia«, Wohnhaus, mit Zimmern, so klein wie in einem Hotel, wo man nichts zu tun hatte als dort sein, sitzen, an einem Tischchen, auf das Essen warten, das unten im Saal serviert wurde, auf das Frühstück, auf das Mittagessen,

auf das Nachtmahl. Wo man freundlich schauen mußte, wenn man hinunterging in den Saal, wo man einen Tisch suchen mußte, wo einen viele Leute sahen. Ich konnte nicht das Schauspiel bieten von der Jungverheirateten, der glücklichen Ehefrau. Ich bat ihn, einen Haushalt führen zu dürfen in einer Wohnung, und ich sah dabei vor mir einen Fernsehapparat: mit einem kleiner Fernseher würden wir uns voneinander ablenken. Vor allem ihn würde das Fernsehen von mir ablenken. Und wir würden den Fernseher auf dem Fußboden haben und Teetassen dazu, und ein Fauteuil, und Teppiche, und wir würden gehen, von Zimmer zu Zimmer. Es würde eine Wohnung sein, in der ich mich nicht mehr um ihn kümmerte, sondern nur um die Wohnung. Und ich würde mich in Arbeit stürzen, einen Haushalt haben, mich ablenken. Ihn nicht sehen, ihn nicht hören, sondern immer nur arbeiten und fernsehen. Eines Tages würde ich vielleicht auch malen. Eines Tages würde ich vielleicht auch schreiben. Auf jeden Fall wollte ich aus der Offiziersresidenz hinaus.
Er sagte sofort ja, zu meiner Überraschung. Er ist auf den Trick hereingefallen, dachte ich, auf meine List, denn natürlich wollte ich nicht gern mit ihm in einer Wohnung sein. Aber wenn schon mit ihm, und wenn es nicht anders ging, dann nicht hier.
Er war der Mann, der mit mir eine sonnige Wohnung betrat, der sagte: »Hier bleiben wir.« Hoch

in einem Neubau, mit hölzernen, modernen Türen, hellen Bodenfliesen, länglichem Wohnzimmer, Möbeln, zum Essen, zum Kaffeetrinken und Rauchen, mit einem hellen Vorhang, ich glaube, er war gelb, vor einem riesigen Fenster. Auf der Straße Bäume. Die Adresse hieß Capitan-Castell-Straße, die Hausnummer weiß ich nicht mehr. Es war eine Küche dabei, ein Schlafzimmer, mit mehreren Betten, ein zweites Schlafzimmer, mit einer Doppelcouch. Volants an der Bettdecke.

Die Wohnung gehörte einer Frau Pons, die die Miete kassieren kam. Ich gab ihr, was sie verlangte. Er kam heim, sagte, ich hätte ihr zuviel gegeben, und als sie wieder kam, war er anwesend und brachte sie mit vielen Worten dazu, einen Teil des Geldes zurückzugeben.

Ja, was ist denn. Schaust du mich nicht an. Möchtest du nicht mit mir befreundet sein. Ich beiße nicht. Seelisch beiße ich dich vielleicht. Aber das brauchst du, Tochter eines Kriegsverbrechers. Ich gebe dir nie einen Faustschlag ins Gesicht, obwohl ich gerne möchte. Ich schlage dir nicht die Zähne aus, obwohl ich das auch manchmal sehr gern tun würde. Ich tue dir rein nichts. Gar nichts habe ich dir getan. Und du bist böse auf mich. Das habe ich nicht verdient. Heute werde ich dich ficken. Damit ich auch etwas von dir habe. Daß du da bist. Du dumme Person, du mit den Augen, die nur noch schauen, dumm, so daß du mir zuwider bist. Es ekelt mich vor dir, aber du wirst gefickt. Damit es nicht heißt, der Miguel sei impotent und wisse nicht, was eine Frau ist. Bereite dich gut vor. Bring Toilettenpapier und ein Handtuch. Dann komm ins Schlafzimmer. Wenn die Nachrichten vorbei sind, die um drei Uhr beginnen, wirst du gerufen. Dann kommst du, aber sofort. Und dann legst du dich hin. Denn dann wirst du gefickt.
Ein Leben lag vor mir, grau und schwer wie Blei. Natürlich konnte ich mir ein Leben nicht mehr vorstellen.

Sie hatten mir vom Glück erzählt,
vom Glück gesungen im Radio,
und eines Tages machte ich mich auf,
das Glück zu sehen.
Ich wollte es wirklich und leibhaftig kennenlernen.
Dazu verließ ich Österreich,
denn das Glück konnte nur in einer anderen Sprache
existieren.

Von Spanien hatte ich mir ein bestimmtes Bild gemacht.

Das sind die Pyrenäen, wo der Zug schnell fährt, hinein ins Spanienland, es ist gelb, und der Spanier ist stolz, er trägt ein schwarzes Gewand mit weißem Hemd und großem Kragen. Er hat einen Hut auf, und den wirft er in den Sand, wenn ihm eine Frau gefällt. In Spanien gibt es Stierkampf, aber das ist nur auf Plakaten. Die Spanier sind nicht gemütlich. Sie haben dunkle Haare und blicken streng, kauen Kautabak und spucken den ganzen Tag. In Spanien riecht es gut, wenn frühmorgens die Straßen gewaschen sind. Dann steigt es warm aus der Metro auf. Zuckerlpapiere liegen herum, Kaugummistanniol.

In Spanien ist man glücklich, oder man ist es nicht, aber man sagt nicht, daß man unglücklich ist. So etwas schickt sich nicht, in Spanien. In Spanien geht es allen Menschen gut. Sonst müßte man nicht hier sein. Daß man aus Spanien eines Tages nicht hinauskönnen würde, wußte ich nicht. Auch nicht, was eine Todesstrafe war, eine »pena de muerte«. Wie konnte man ein solches Wort in den Mund nehmen: Tod. Wer wußte denn, was das überhaupt war.

Wenn auf Mallorca die Sonne aufgeht und das Traperolied erklingt und wenn hinter den Bergen bei den Felsgesteinen und Sträuchern die Wolken aufgespießt werden, wo die Sträucher mit den Zitronen und den Orangen sind, die Kakteen, das viele Grün, die rostrote Erde, die kleinen Häuser, in denen Malerinnen leben, allein, mit Bildern, die sie ausstellen, denke ich: Frauen, die keinen Miguel neben sich haben. Wie glücklich muß jeder Mensch sein, der einen Miguel nicht kennt. Sie können lange leben, sie sind weich, diese Frauen mit den nackten Armen. Zu mir würde Miguel sagen: Bedecke dich.

Die alte Kathedrale stand am Meer. Man sah zu ihr hinauf, sie hatte Stufen ausgebreitet, wie eine Dame ihr Faltenkleid, und sie war ruhig jeden Abend, umgeben von den Lichtern der Promenade. Die strenge Mutter, zu der ich mich nicht hinzuschauen getraute. Kathedrale, du weißt alles, verstehst auch, warum ich nie zu dir hingehe.

Ich verdiene es nicht, eine Kirche betreten zu dürfen. Ich verdiene es nicht, daß man zu mir freundlich ist.

Immer gibt es da ein Mißverständnis. Die Menschen tun, als wäre ich ein guter Mensch, aber ich weiß: Das Gegenteil ist wahr. Miguel sagt mir immer, was für ein schlechter Mensch ich bin.

Die Kathedrale weiß alles. Sie wartet, bis ich komme. Sie wird noch warten auf mich, wenn ich schon hundert Jahre tot bin.

Ach, Gott, ich will nicht sterben. Ich möchte, daß von mir etwas zurückbleibt auf der Erde. Ich will nicht, daß Miguel mich erschießt. Er kennt mich nicht, er sagt immer nur, daß er mich durchschaut. Er weiß nichts von mir, er kann Musik nicht hören, wie ich sie verstehe. Das Violinkonzert von Saint-Saëns, es treibt mir die Tränen in die Augen. Sie bleiben stecken hinter den

Lidern, ich kann nicht mehr weinen. Die Kathedrale ist so ernst, so streng.

An der Promenade, Palmen, einzelne, jede erzählte etwas. Ich wollte nicht mit Miguel unter Palmen gehen, und wir gingen nie spazieren. Manchmal schaute ich zu den Palmen hinüber und dachte, wie den Touristen das gefallen mußte. Aber ich war eine Frau auf dem Markt. Ich durfte nur bis zum Markt gehen und zurück. Es beleidigte mich, als einmal ein altes Bauernweib die Zahl auf Papier schrieb, den Preis für ein Gemüse. Wieso, ich bin eine Spanierin, dachte ich, und dann glaubte ich, ich werde verrückt. Natürlich war ich eine Österreicherin, ich hatte zwei Pässe, aber eine Touristin war ich ja auch nicht. Ich putze hier, ich wasche, ich bügle, ich kümmere mich um einen Oberleutnant, ich lerne hier das Malen, das Formen des Lehms, ich bin so eine Frau wie du, wollte ich zu der Alten sagen.

Einzelne Szenen, die ich nicht vergesse.
Als es einmal regnete und ich glücklich war, denn der Regen erinnerte mich an zu Hause, fragte ich ihn, ob es ihm etwas ausmachte, wenn ich ein bißchen spazierenging.
Den ganzen Frühling und Sommer war es heiß gewesen. Im Herbst hatte noch die Hitze gedrückt, und der Himmel war blau gewesen viele Monate, ohne eine Wolke, ohne Unterbrechung,

immer nur Sommer, so als wäre das Jahr ein einziger blauer Tag.
Es wurde beinahe unerträglich, bis endlich die Wolken kamen. Und nun prasselte der Regen wie ein heimatlicher Gruß.
Du wirst hoffentlich wissen, daß ich dich nicht hinausgehen lasse, sagte er.
Noch immer bedacht, mit ihm gut auszukommen und zu glauben, daß er ein guter Mensch war, fragte ich: Warum nicht?
Ich dachte, nun würde eine besondere Erklärung kommen.
Also, weil ich es nicht will. Ganz einfach. Du wirst nie etwas tun, was ich nicht will. Verstehst du das? Ich bin hier der Herr. Und die Frau hat zu parieren.
Er ging mir auf einmal schrecklich auf die Nerven. Ich fand so sinnlos, was er tat, und ich durchschaute noch immer nichts. Ich dachte, er könne nichts dafür, daß er so dumm sei und Gefahren sah, überall. Ich wußte nicht, daß es geplant war, mich zu quälen. Ich hätte nicht verstanden, hätte jemand es mir erklärt.
Und wenn wir miteinander hinausgehen, fragte ich, bittend, so als wäre der Regen eine Person, die auf mich wartete und die ich nicht enttäuschen durfte: »la lluvia«.
Glaubst du, ich möchte naß werden? Schau, ich erlaube es dir nicht, einfach, damit du nicht naß wirst. Du bist sehr häßlich, wenn du naß bist auf den Haaren. Oder hast du das nicht gewußt? Ich

will keine häßliche Frau haben, die vom Regen durchnäßt heimkommt. Wozu? Wenn man im Trockenen bleiben kann?
Aber der Regen ist schön.
Was ist nicht alles schön in der Welt, rief er. Ach, wenn man alles, was schön ist, haben könnte!
Es war für mich undenkbar, ihm nicht zu gehorchen. Er sagte, wenn er mich erwische, wie ich zur Tür ginge, würde er schießen.

Meinen Lesern zu beichten, daß mein erstes Buch nicht die Wahrheit war! Nicht Fakten meines Lebens, nicht wirkliche Situation, sondern eine »Situation in Prosa« eben, wie ich das Werk nannte. Ich skizzierte eine Situation. Was wäre, wenn ich einen Österreicher geheiratet hätte, der noch dazu mit meinem österreichischen verheirateten Freund befreundet war. Albert und Rolf entstanden. Dann entwickelte ich ein »Ich«, eine Frau, die keinen Namen hat und keine Geschwister, die einfach verwöhnt ist durch die Liebe eines Mannes, der ihr das nicht bietet, was sie sucht. Und was sie sucht, ist unerschwinglich, nicht käuflich, unerreichbar. Sie sucht das Glück.

Diese Situation war nicht in Gedichtform, nicht Film, nicht Drehbuch, nicht Theater, sondern Prosa. Einfach nur ein Kunststück.

Vielleicht einmal richtigstellen, daß ich nicht meine Lebensgeschichte erzählte, als ich jung war, sondern einen Roman erfand! Daß ich mein Leben noch nicht erzählt habe. Und daß ich darunter litt, mit jener Heldin aus dem Roman »Wie kommt das Salz ins Meer« verwechselt zu werden.

Die Lyrikerin Jeannie Ebner, die sich daran nicht mehr erinnert (»Ist doch gar nicht wahr!«), schlug den Titel »Wie kommt das Salz ins Meer« vor. Und ich, brave Tochter, braves Kind, brave Freundin, sage immer ja, wenn ich unsicher bin. Andere wissen besser als ich, was für mich gut ist, so war es mein ganzes Leben. Bei der Literatur erlaubte ich es nicht gern. »Wie kommt das Salz ins Meer« erschien mir als ein scheußlicher Titel. Verlogen wie »Und die Antwort weiß nur der Wind«, »Vom Winde verweht«, »Welke Blätter treibt der Wind«, »Denn der Wind kann nicht lesen«. Wie kommt also das Salz ins Meer. Ich bin an die hundert Mal schon gefragt worden und weiß es nicht. So wenig, wie ich weiß, wie der Tod nach Venedig kommt. Und wie die Sonne über den Ozean. Das sind große Wörter. Krieg und Frieden. Doch Tolstoj hat geschafft, die wahren Schrecken des Krieges zu zeigen, darum ist er ein großer Dichter. Ich habe nur eine Situation skizziert, etwas, was sein könnte, wenn. Aber dann bin ich erstarrt in Ehrfurcht vor dem Buch. Es hat mich in eine Rolle gedrängt, man meinte, das seien meine Memoiren, meine Biographie, und viele fanden mich verwöhnt und jammerlustig, ohne wirkliche Probleme. Mein Problem war, das Leben meines Vaters, meiner Mutter, meiner Schwestern zu retten, das Leben Fernandos und seiner Freunde, und mein eigenes. Das sind meine Probleme gewesen neben Miguel Herreros. Auch *sein* Leben, von Oktober 1968 an, denn er hatte ja mit Selbstmord gedroht. Von Oktober 68 bis Jänner 72 damit beschäftigt sein, Leben zu ret-

ten, durch gutes Benehmen, ist eine sehr anstrengende Betätigung. Darüber steht nichts in »Wie kommt das Salz ins Meer«. Mein und meiner Familie und Freunde Leben noch immer retten wollend, schrieb ich »Wie kommt das Salz ins Meer« verfremdend.
Als das Buch publiziert war, schickte ich ein Exemplar an Miguel Herreros, damit er es nicht von jemand anderem bekam und damit ich nicht rätseln mußte, ob er es habe oder nicht. Denn ich wußte nicht, bei seinem Wahnsinn, wie er es aufnehmen würde. Also schickte ich es, um zu wissen, daß er es hatte.
Irgendwann rief er an und erzählte, er habe es sich übersetzen lassen. Seine Mutter wundere sich, daß sie so schlecht wegkomme.
»Sie ist nicht deine Mutter«, sagte ich, »die Frau im Buch.«
»Was meinst du mit: Sie ist nicht meine Mutter, die Frau?«
»Die Schwiegermutter im Buch ist nicht die Schwiegermutter, die ich gehabt habe, ist nicht deine Mutter«, sagte ich, »und ich bin nicht ich, du bist nicht du, verstehst du nicht? Das Buch ist ein Roman, kein Lebenslauf.«
»Ja, ja, ich verstehe. Nur, du weißt, wie meine Mutter ist. Sie hat gute Zähne. Und sie ist stolz darauf. Und du hast geschrieben, daß sie ein falsches Gebiß hat.«
Die mit dem falschen Gebiß war Milagros gewesen. Aber das mußte ich ihm ja nicht auf die Nase

binden. Ich fand es furchtbar, wenn sich jemand erkundigte nach Personen, die es nur im Buch gab.
Ich hatte ihm geschrieben: »Mit Tränen und einem Lächeln sende ich Dir dieses Buch«, oder so ähnlich: um ihn zu verwirren.
»Sonrisas y lágrimas«, Lächeln und Tränen, war ein Filmtitel. Ich wollte, daß er das Buch für Kitsch hielt, für Kunst, für Erfindung, »Die Geschichte einer Ehe« – er sollte sofort sehen: nicht unsere. Unsere Ehe hob ich mir für später auf. Ich hatte Zeit. Ein ganzes Leben, über ihn nachzudenken, jetzt, wo er nicht mehr bei mir war und mich am Denken nicht mehr hindern konnte. Denn das war sein Anliegen vom Sommer 1968 bis zur Hochzeit gewesen: mir das Denken zu zerstören, den eigenen Willen, die eigenen Wünsche, Sehnsüchte, Träume zu nehmen, meine Vorstellungen vom Leben. Er zwang mir seine Meinungen auf.
Nicht, daß ich je geglaubt hätte, Miguel H. habe an mir ein Verbrechen verübt. Es wäre mir nie in den Sinn gekommen. Auch nicht, als mein Vater rief: »Der Lump! Der Gauner! Der Betrüger!« Damals wußte ich nicht, was mein Vater meinte, wovon er redete. Denn Lump, Gauner, Betrüger wurden viele genannt. Solche Worte hatten kein Gewicht.
Sondern ich dachte, ich hätte etwas falsch gemacht. Oder sogar sehr viel. Also fühlte ich mich als ein Mensch, der in etwas Wichtigem versagt

hatte, der nicht besser werden konnte, solange er nicht besser zu werden lernte, und ich suchte nach meinen Fehlern. Dabei fiel mir aber immer wieder Miguel ein. Er war der Schatten, und aus diesem Schatten konnte ich nicht hinaus.
Etwas mußte mir diesen Schatten erklären. Danach suchte ich ein Leben lang.

Es ist eine Erwachsene, die dieses Buch geschrieben hat, ein ganz anderes, signalisierte ich ihm – mit der Heirat Rolfs, mit dem Leben in Österreich. Das hat nichts mit dir zu tun, das wirst du begreifen, daß ich nicht wortbrüchig geworden bin. Ich habe dir mein Wort ja gar nicht gegeben. Sondern mit meinem Schweigen habe ich zugestimmt. Versprochen habe ich aber nie, daß ich nicht reden werde. Sondern du hast gedroht, daß du morden wirst, wenn du etwas erfährst über dich, in Österreich.
Die Scham und die Schande über mich. Schande und Scham in mir. Beim Erzählen all dessen.
In meinem Buch »Wie kommt das Salz ins Meer« habe ich eine gutbürgerliche Familie vorgegaukelt, frei nach Wunschdenken: junges Mädchen ohne Geschwister heiratet den Mann der Wahl ihres Vaters. Sie läßt sich in eine Ehe drängen unter dem Mantel von Geborgenheit. Der Held, Rolf, der ein Antiheld ist, gibt das Geld zurück an den Vater, als er die Tochter zurückgibt. Die Tochter ist wieder bei den Eltern und hat Aussicht auf Arbeit. Sie wird einen Beruf ausüben, der weiblich ist.

Rolf ist Ingenieur der Vöest und als solcher ein arrivierter Mann. Er weiß von Waffenlieferungen, von Stahllieferungen nach Afrika: Es ist praktisch die Noricum-Affäre, vorweggenommen, die 1988 in Linz verhandelt wurde, mit einem Richter aus meiner Stadt, Karl Makovsky. Blecha, Gratz, Sinowatz stehen vor dem Tribunal. In Linz wird ermittelt, ob Neutralitätsverletzung vorlag oder nicht. Das Ganze wird dann nach Wien weitergegeben, Sinowatz, Blecha, Gratz freigesprochen.
In meinem Buch, schon elf Jahre zuvor erschienen, ist die Sache angedeutet. Ich hielt mich sehr mit Kommentaren zurück, aber natürlich interessierten mich die Waffenlieferungen, als ich das Buch schrieb. Schließlich war Miguel, der Spanier, ein Waffenliebhaber. Er gewann Pokale im Schießklub der Stadt, er besaß Waffen zu Hause, er besaß einen Patronenapparat, Maschinen zum Patronenbauen. Er mischte das Schießpulver selbst, er füllte die Patronen ab, er war sein eigener kleiner Fabrikant und zeigte mir die Patronen, die aufgereiht nebeneinander standen, wie kleine Raketen aussehend. Er schien Spaß zu haben an der Bastelarbeit und ging in den Klub, fuhr ans Meer, und ich kümmerte mich nicht um ihn. Unsere Ehe war keine Ehe, sondern ein unfreiwilliger Aufenthalt meinerseits bei ihm. Der »Urlaub«, der nicht endete.
Ich las damals viele Bücher auf Deutsch. Friedrich Torberg, Theaterkritiken, Ephraim Kishon, Satiren, Henri Bergson, Essay über das Lachen,

ins Spanische übersetzt, und ich las mir den Essay laut vor, spielte ihn, heimlich, im Wohnzimmer, an einem Nachmittag, während Miguel H. schlief oder fernsah. Ich wollte meinen Sprachschatz erweitern und genoß es, die schöne Sprache Bergsons zu rezitieren. Sprache wurde mir zu Zuflucht und spanischem Glashaus. Spanisch, die Schönheit. Spanisch, das Edle. Ich wollte bei edlen Menschen sein, nicht bei ihm. Ich las den Anfang von Robert Musils »Mann ohne Eigenschaften«, bis ich beim Kapitel, das dem »Frauenmörder Moosbrugger« gewidmet war, das Interesse verlor. Ich las Rowohlt-Monographien über Jesus, Moses, Hans Fallada und Rosa Luxembourg. Ich stopfte mich voll mit Namen und mit Daten, mit Ereignissen. Ich versuchte, mir mein eigenes Geschichtsbild zu machen, denn ich hatte das Gefühl, schrecklich ungebildet zu sein. Als hätte ich im Gymnasium nur Jahre verloren, acht Jahre versäumt, vorbei am wirklichen Leben.
Um Miguel kümmerte ich mich nur insofern, als ich die Wohnung in Ordnung hielt und für drei Mahlzeiten täglich sorgte. Ich ging nicht mehr modellieren, aber ich malte daheim. Stilleben. Immer wieder Blumen. Krüge, Zitronen, hoffend auf das Wunder: große Kunst. Wann wird aus meinem Pinsel die große Kunst kommen, die wir teuer verkaufen können. Miguel wartet. Er hänselte mich wegen der Malerei, er brachte Pinsel, er versteckte zwei hinter seinem Rücken und sagte, er habe wertvolle Geschenke für mich. Dann

überreichte er die Pinsel und verlangte einen Kuß auf die Wange. Ich gab ihm den Kuß nicht immer, weil diese Spiele mir töricht erschienen und sinnlos. Es gab für mich mit ihm nichts mehr zu reden.

Er tadelte mich, schrie, schimpfte, beklagte sich und sein Schicksal. Ich hatte das Gefühl, ein Mörder kommt zur Tür herein, ein Mörder geht hinaus.

Ich gab dem »Rolf« später den dunklen Haarschnitt, in Gedanken, und einen strengen Scheitel. Aber das Gesicht Miguels ließ ich weg. Rolf wurde eine stille Figur, mit der ich machen durfte, was ich wollte. Sie gehorchte mir. Ich legte ihr Worte in den Mund, manchmal sogar meine eigenen. Rolf gehörte mir, als einziger Mann. Niemals wieder im Leben hatte ein Mann so sehr mir gehört. Und auch vorher nicht.

»Rolf« ist ein Bürokrat und Technokrat. Rolf hat keine Gefühle, außer für sich selbst. Es geht ihm darum, Gefühle zu unterdrücken und zu besiegen. Rolf wird beherrscht von seinem beruflichen und gesellschaftlichen Ehrgeiz und im übrigen von seinem Nahrungs- und Sexualtrieb. »Rolf« ist ein Tier in der Gesellschaft: gut angepaßt. Von »Rolf« kann man keine Freuden erwarten. Er möchte, daß seine Frau sexuell durch ihn zufrieden wird, damit er über sie herrschen kann. »Rolf« hatte viele Ähnlichkeiten mit Miguel, dem Realen. Ich verpflanzte Miguel aber nach Österreich, ließ ihn einen anderen Beruf ausüben. Miguel beklagte sich, ich sei frigid. Er schimpfte und beschimpfte mich. Er wollte, daß ich einen Orgasmus hätte, verdammt noch einmal, damit er sagen konnte: Du bist meine Frau. Ich verweigerte mich nicht nur, sondern wollte nicht sexuell mit ihm zusammen sein. Es kam mir schmutzig vor, von ihm berührt zu werden. Er hatte mehrere Versprechen gebrochen, ich wollte ihn nicht mehr. Ich wußte nicht, wie er mich an sich gebunden hatte.

Die bewußte Erinnerung an Dinge, die er sagte, trat erst ein, als ich über vierzig Jahre alt war. Damals, in der Jugend, hatte seine Redekunst sich wie Gelee über mich ergossen, in dem ich erstarrte. Ich konnte mich geistig nicht mehr bewegen. Er hatte von meinem Gehirn Besitz ergriffen, er beherrschte mich, nicht ich mich selbst. Er herrschte über mich, nicht ich über ihn. Trotzdem warf er mir vor, ihn betrogen zu haben mit dem Reden und Schreiben darüber, daß ich heiraten wollte. Es war seine Taktik. Er machte mir Schuldgefühle. Eine Frau mit Schuldgefühlen, zuerst ihm gegenüber, dann ihren Eltern und sich selbst gegenüber. Er begriff nicht, daß eine Frau, der man Schuldgefühle einimpft, nicht sexuell empfinden kann. Und wenn, dann erscheint es ihr als etwas Losgelöstes von ihr. Die Sexualität lag bei ihm irgendwo in einem Trog. Man mußte sie nur herausziehen und wieder hineinwerfen. Sie war etwas für Schweine, das brachte er mir bei. Er sei ein kleines Ferkel, sagte er einmal. Ich weiß nicht mehr, was er genau sagte. Nur daß mich wunderte, daß er nicht schrie und wieder beleidigend wurde, so wie sonst nach jedem Geschlechtsakt, früher, wenn er mich besessen hatte, wie er es nannte, und ihn dann Ekel vor mir überkam.

Nach dem Beischlaf sei er traurig, so wie alle Tiere, sagte er, nach dem Beischlaf hasse er sich selbst und mich. Nach dem Beischlaf wolle er nicht reden, sondern nur aufstehen oder schlafen, je nachdem.

Seine Fragen nach dem Orgasmus wurden zur Qual. Hast du einen Orgasmus gehabt, zischte er. Aber du warst doch feucht. Mehr als feucht. Du warst naß. Ich bin ja direkt geschwommen in dir, hielt er mir vor.

Aber ich kannte mich nicht aus mit meinem Körper. Empfunden hatte ich nur, daß er irgendwie in mir drinnen war. Und irgendwie schrumpfte sein Ding zusammen, und dann zog er es irgendwie auch wieder hinaus, irgendwann, und das ganze war eine blinde Reise in die Leere.

Wahrscheinlich bist du als Mädchen mißbraucht worden, deshalb liegst du da wie eine Prostituierte. Die Prostituierten wollen auch nicht, daß man ihre Brüste anfaßt.

Dann sagte er etwas über eine Heilige und ein Stück Dreck. Und über sich als Priester und Erlöser.

»Und noch etwas bin ich für dich. Aber das Schlüsselwort verrate ich dir nicht. Siehe, ich bin ein Jude«, begann er.

Vielleicht meinte er: Messias.
Als ich einmal zum Arzt wollte, sagte er: »Ich bin dein Arzt.«

Mit einem Trick hat er mich zur Hochzeit geführt. Ich wußte es. In »Wie kommt das Salz ins Meer« schrieb ich: »Eine Mauer aus Wörtern«. Diese Mauer aus Wörtern versuche ich hier, in diesem Buch, zu zeigen, Ziegel für Ziegel, Stein um Stein, denn ich war eingemauert.

In der Küche waren weiße Fliesen, und jede einzelne von ihnen wurde meine Gesprächspartnerin. Wirst du schön sauber werden, wirst du, bitte, glänzen. Wirst du mir, bitte, den Gefallen tun und ein gutes Bild abgeben. Du weißt, Sauberkeit ist die Ehre eines Menschen. Sauberkeit einer Hausfrau bedeutet Anstand. Anstand bringt Ehre, Ehre bringt Höflichkeit. Und ich will von diesem Kerl, daß er höflich wird zu mir. Also, Fliese, bitte, laß dich reinigen.

Der Herd hatte Gasbetrieb. Ein schwarzes Gerippe lag auf weißem Emailgrund. Kupferne, runde, schraubenähnliche Metallwesen gab es da. Ich mußte mich ab nun den »haceres« widmen, der spanischen Frauenpflicht. Kupferräder im Gasherd reinhalten. Polieren, abschwemmen, abtrocknen, bis sie glänzten.

Es mußte jede Flamme gut aus dem kleinen Loch brennen. Wenn ich fleißig war, konnte ich auf mich stolz sein. So eignete ich mir die Küche an: putzend. Ich studierte im »Thea-Kochbuch«, das die Mutter mir schickte, Rezepte. Ich entwickelte eine Philosophie des Kochens und hörte beinah die Frauenstimme, die aus dem Kochbuch sprach. Die Buchstaben wurden meine Verbündeten.

Der Fußboden der Küche wurde gekehrt, die durchsichtigen Teller, Tassen, Suppenteller und Kompottschüsseln sorgfältig abgewaschen und getrocknet. Alles war möbliert, alle Schränke voll mit Besteck, Geschirr und Kochwerkzeug, wir hatten alles inklusive gemietet, ein Telefon gab es aber nicht. Das Geschirr war aus dem merkwürdigen grünlichen Duralex, das wie Glas aussah, aber nicht so leicht zerbrach. Auch die hohen Trinkgläser aus Kunststoff hatten wir, und ein Plastiktischtuch für den Tisch, nach spanischer Sitte, und wenn wir noch spanischer ausgerüstet gewesen wären, hätten wir Plastikblumen in jedem Zimmer gehabt.

Von der Küche führte eine Tür auf einen Balkon, von dem aus man in eine andere Stadt sah: leer, wie in amerikanischem Wildwest. Ein paar gewellte Dächer, darunter Garagen, vielleicht. Ein paar Hausmauern ohne Fenster, in Entfernung. Betonplatz, Betonbalkon, Blick auf ein anderes Viertel Palmas.

Irgendwo saß auch ein Mann mit einem Fernrohr. Auf jeden Fall sagte Miguel das, als er mich im Bikini sitzen sah, mit einer Zeitschrift.

»Komm sofort herein!«

Er schrie mehr noch als vor Jahren auf der Farm »Pola«. Ich wartete, ob er sich beruhigen würde, aber dann hatte ich Angst, er würde schießen oder mich vom Balkon hinunterstoßen.

Ich dachte immer öfter an Kinos. Und was für Hoffnungen Filme in mir geweckt hatten. An Romane, und wie gern ich einen Roman geschrieben hätte. An Schriftstellerinnen, und wie sie wohl leben mochten.

Du kannst doch nicht Reinigungsmittel verkaufen, hätte ich gesagt, wenn ich noch etwas gesagt hätte. Du bist doch beim Militär. Du kannst doch nicht jetzt mit Reinigungsmitteln fahren, Reinigungsmittel vertreten. Ich habe nicht geheiratet, um einem Reinigungsmittelvertreter zu helfen, sondern ich habe einen Tierarzt geheiratet. Das hätte ich gern zu ihm gesagt, aber ich wollte nichts mehr sagen.

Er erzählte, daß sein neuer Bekannter, jener Álvaro »Lamía« oder so ähnlich eine Reinigungsmittelvertretung hatte, ziemlich groß, und daß er davon reich wurde. Miguel erzählte, daß ihm ein fürchterliches Mißgeschick passiert sei. Er habe bei der Vorführung eines Mittels Flecken aufs Sofa gemacht, und der Besitzer habe sich geärgert. Der Besitzer des, ich glaube, Hotels, schimpfte sehr mit ihm.

Es war mir gleichgültig, womit er seine Freizeit verbrachte und was er beim Militär tat. Ich fühlte mich als seine Gefangene. Von mir zu erwarten, seinerseits, ich solle mich nun für Probleme interessieren, die ihm erwuchsen dadurch, daß er sich in ein Geschäft begeben hatte, von dem er nichts verstand, war von mir zuviel verlangt. Ich interessierte mich nicht für sein Geld, woher er es nahm. Über Geld hatten wir einmal eine Debatte

gehabt, die damit begann, daß er sagte, er müsse für mich Geld ausgeben, und damit endete, daß er, als ich sagte, er müsse das nicht tun, sagte, er würde es aber unbedingt tun wollen. Es war im Landhaus von Professor Cuenca gewesen, den er »Don Carlos« nannte. (»Herr Karl« auf Österreichisch würde eine ganz andere Bedeutung haben.) Dort erzählte er, unser Freund Eduardo aus Kolumbien habe zu ihm gesagt, nun müsse er, Miguel H., weil »Brigitte auch deine Freundin ist«, sich mit ihm die Kosten teilen, was meinen Aufenthalt betraf. Ich sagte: »Meinen Beitrag leiste ich, zu allem, was ich gegessen und getrunken habe.« Er bestand darauf, sozusagen als perfekter Kavalier, sich mit Eduardo die Kosten für unser Leben zu dritt zu teilen. Ich machte noch einen Versuch ihm zu sagen, daß er für mich kein Geld ausgeben müsse. Es war mir sehr peinlich gewesen, darüber zu sprechen. Besser wäre es gewesen, mit einem anwesenden Eduardo gemeinsam das zu besprechen, vor meiner Abreise. Aber ich war mit Miguel H. allein im Wohnzimmer damals, und er riß das Gespräch an sich. Unbedingt wolle er für mich aufkommen. Ich gab dann nach, um ein Ende des Gesprächs zu bewirken.
Ich hatte ihm so oft nachgegeben in den Monaten Oktober bis Juni des Vorjahres. Ich hatte ihm nachgegeben schon im Sommer voriges Jahr. Nun wollte ich in nichts mehr nachgeben, nicht mehr seine Freundin sein, denn ich konnte ja gar nicht mehr. Ich benahm mich nur freundlich,

gleichmütig, höflich aus Geschicklichkeit, um ihn nicht zu reizen. Ich schwieg und malte, schwieg und las, schwieg und deckte den Tisch, bediente ihn, mußte nicht Schuhe putzen. Er hatte angekündigt, er werde seine Schuhe selbst putzen, das habe er beim Militär gelernt. Er werde auch meine Schuhe stets putzen. Das würde sein Beitrag sein zu unserem Haushalt, und ich konnte mein Glück nicht fassen.
Seine Anzüge trug er selbst in die Reinigung. Ich wusch seine Hemden, Unterwäsche, Socken und Taschentücher. Ich kehrte den Schlafzimmerboden auf und legte morgens die gelbe Decke über das französische Bett. Zum Glück durfte ich an der Fensterseite liegen. Wäre ich innen im Zimmer gelegen und er zwischen dem Fenster und mir, hätte ich mich noch bedrohter gefühlt.
Mitten in der Nacht, einmal, als wir redeten, ich weiß nicht mehr, worüber, ich verteidigte meine Position, er nahm sie mir, mit vielen »Argumenten«, die für mich keine mehr waren, an die ich nicht mehr glauben wollte, ich redete nur noch, um nicht ganz stumm zu sein und mir nicht mehr alles anzuhören, nicht mehr alles auf mir sitzenzulassen, gab es plötzlich einen Knall. Er sagte:
»Das Glas ist zersprungen.«
»Was für ein Glas?« fragte ich.
»Das Glas, das du auf dem Nachtkästchen stehen hast.«
»Das ist jetzt zersprungen?«
»Ja.«

Es war ein Geräusch gewesen, das vorübergehend eine Erlösung war. Ich dachte, es gebe nun eine Naturkatastrophe. Die Natur schritt ein, die Natur half, so wie ein Gewitter manchmal Erlösung brachte an einem schönen Tag. Ich hoffte, es würde noch viel mehr geschehen, von außen. Ich war voll der Schuldgefühle, wie immer, seit den Monaten des »noviazgo«, der Verlobung, und jetzt war ich, Februar 1970, am Ende meiner Fähigkeit, noch eine Schuld auf mich zu nehmen. Das Zerspringen des Glases tröstete mich: Jemand greift ein. Ich wußte nicht, wer eingreifen sollte, doch erschien mir das Ereignis als etwas Übernatürliches.
Dann redete er weiter. Es war die Nacht, in der er mir von den Morden erzählte.
»Also, paß auf, ich habe schon Leichen zerstückelt, kleine Mädchen umgebracht, vergraben, und niemand hat mich erwischt. Sei vorsichtig mit mir. Du weißt nicht, wer neben dir liegt. Gehorche immer, sonst wird es für dich eine Tragödie.«
Zu was für einer Kammer wird ein Schlafzimmer. Zu was für einem Grab. Zu was für einer Finsternis. Fünfter Stock eines Hochhauses, Fenster zur Allee, Baumkronen, unten die Gehsteige, die anderen Hochhäuser, und ich dachte an meine Mutter, ob sie jetzt neben meinen Vater lag, im Schlafzimmer, daheim in Österreich.
Gerne hätte ich mit ihr geredet über das Wort »Ehe«. Und warum sie mir nie erzählt hatte, wie das sein konnte.

Ich hatte nicht nur Angst, daß wahr sein konnte, was er sagte. Sondern auch, daß er mir etwas tun würde, wenn ich mich zur Seite drehte, um endlich zu schlafen.
»Nein! Du schläfst nicht! Sondern du wirst mir zuhören. Ab und zu wirst du sagen: Ja, Miguel, ich höre dich. Und: Ja, Miguel, ich verstehe dich. Ich werde jetzt eine Beichte ablegen.«
Er beichtete, wobei er vieles wild hervorstieß, und ich hörte nicht zu, sagte aber: Ja, Miguel, ich höre. Ja, Miguel, ich verstehe dich. Denn so hatte er es verlangt.
Irgendwann war die Nacht zu Ende, und er schlief ein. Was er hervorgestoßen hatte, habe ich mir nicht gemerkt. Schon am nächsten Tag wollte ich es vergessen. Es war einfach nicht wahr, und ich war eben mit Miguel Herreros verheiratet, mehr nicht.
Damals konnte ich nicht beten und auch nicht mehr mit Gott reden.
Das hatte ich nur in der Stiftskirche von Wilhering gekonnt. Lieber Gott, verzeih, daß ich den Priester anlüge. Du weißt, was geschehen ist, du verstehst alles, ich verstehe nichts, und du weißt, daß ich den Mann neben mir nicht will. Lieber Gott, verzeihe mir, und ich verspreche dir, ich werde einmal richtig heiraten. Dann werde ich das meinen, was ich sage. Bis zum Tod in Krankheit und in Not einem Mann beistehen. Aber nicht diesem.
»Und es soll dir ja nicht einfallen, in ein Flugzeug zu steigen. Die Hostessen kennen mich. Sie wür-

den dich zu mir zurückbringen, wenn du ein Flugzeug besteigst. Die Computer sind Heerescomputer. In Spanien wird alles kontrolliert. Wenn du in ein Flugzeug steigst, sitzen meine Kameraden da und lesen die Namen der Fluggäste. Sie werden mich verständigen. Du kommst aus Spanien nicht hinaus, bis ich es dir erlaube. Eine Frau, die ihren Mann ohne dessen Einwilligung verläßt, begeht Ehebruch. Dafür gibt es eine Gefängnisstrafe. Du stehst in meinem Familienbuch und darfst ohne mich nicht reisen.«

Ich hatte Angst, furchtbare Angst.

(Mit vierundvierzig Jahren, als ich einen Flug nach Südamerika, Bogotá, gebucht hatte, war ich noch so krank von diesen Verfolger-Drohungen, daß ich dachte, ich müsse die kolumbianische Botschaft in Österreich alarmieren, denn es könnte sein, daß das Flugzeug, weil ich mitflog, in die Luft gesprengt würde von einem spanischen Offizier, der mich verfolgen würde, der vielleicht schon wisse, daß ich gebucht hätte. Ich wollte nicht schuldig werden am Tod von vielen Menschen, noch im Jahr 1993 nicht, und fühlte mich verpflichtet, dort anzurufen. Nach einem Telefonat mit einer Botschaftsangestellten, bei der ich dann aber nichts sagte, konkret, war ich beruhigt und flog trotzdem.)

Und selbst wenn ich es geschafft hätte, aus Spanien hinauszukommen, hätte ich nicht gewußt, was ich meinen Eltern sagen sollte, und vor allem meinem Vater nicht. Ich sah für mich keinen Ausweg. Auch hätte ich für eine Flugkarte nicht das nötige Geld gehabt. Wenn ich meine Mutter um Geld gebeten hätte, brieflich, hätte Miguel H., der die Post kontrollierte, gemerkt, daß ich einen entsprechenden Wunsch geäußert haben mußte.

Als ich mit vierundvierzig Jahren in Spanien einer Bekannten eines verstorbenen Freundes erzählte von Miguel H., sagte sie: »Du hättest deine Eltern anrufen können, telefonieren!« Und zu ihrem Mann sagte sie: »Ich kann mir nicht vorstellen, daß man nicht telefonieren kann in so einer Situation! Niemand kann mir erzählen, daß man nicht telefonieren konnte!«
Für mich war das Telefon aber unvorstellbar. Mein Vater hatte einmal gesagt: »Telefonieren aus dem Ausland, das tut man nicht.« Ich hielt mich daran. Vielleicht hatte Miguel auch gedroht, Telefone würden abgehört, es säßen Dolmetscher an allen Telefonzentralstellen Spaniens, die würden sofort alles übersetzen und ihn verständigen. Irgend etwas vom »Geheimnisträger« war da, er sei »portador de secretos de oficio«, Träger von staatlichen Amtsgeheimnissen: Er sei beim Militär, eine Verlobte eines »militar« würde man nicht gehen lassen so ohne weiteres. Sie wisse zuviel, falls ihr Mann ihr etwas erzählt habe. Es gebe ja Angriffspläne für die Oststaaten Europas. (Damals herrschte dort noch der Kommunismus.) Man müsse Österreich und andere Länder strategisch besetzen, wenn man darangehe, ge-

gen den Ostblock Krieg zu führen. Er habe ein Gebiet in Österreich gewählt, um mit seinen Soldaten das Haus meiner Eltern in Oberösterreich beschlagnahmen zu können: Er erschien mir mächtig, und diese Macht ergab sich zwar nur aus seinem Wortgetümmel, aus allem, was er auf mich goß an Drohungen und Verboten, aber ich hatte keine Möglichkeit mehr, die Wirklichkeit zu überprüfen. Ich hielt meine Ausweglosigkeit für eine Realität. So durfte ich mir gegenüber allen Spaniern und Spanierinnen nicht anmerken lassen, daß ich unzufrieden war, denn die hätten es ihm sofort gemeldet: auch das sagte er mir und glaubte ich ihm. Ich war ein Bündel von Angst, wenn ich mir etwas vorstellte, was ich nicht durfte. Wenn ich heimlich etwas dachte, woran ich nicht denken sollte.

Jetzt fühlte ich mich meinen Eltern verbundener denn je, schrieb lange Briefe, in denen ich mich im Geist nach Hause versetzte, auf dünnes, weißes Flugpostpapier, mit Kugelschreiber, und ich begann Harmlosigkeiten zu erzählen. Was ich kochte, was ich malte, was ich brauchte: Handcremes, Zeitungsabonnement von daheim, »Oberösterreichische Nachrichten«, Tips für Küche und Haushalt, Gewürze, getrocknete Pilze, und meine Mutter schickte mir, was ich brauchte. Ich erzählte ihr über meine abgebrochenen Fingernägel, und über Miguels Wünsche, besondere Vorlieben, und seinen Beruf, und auch über meine Fortschritte in der Malerei, und manchmal zeichnete ich ihnen ein Bild, das ich gerade malte, oder eine Plastik, die ich modellierte.

Von mir wußte Miguel, daß ich ein Mensch war, der zur Flucht neigte. Mit dreizehn Jahren war ich von einer englischen Familie davongelaufen, wo es mir nicht gefallen hatte, und Leute, die mich in ihrem Auto mitnahmen, brachten mich zur Polizei, wo ich dann eingeladen wurde zu bleiben, bei der Familie eines der diensthabenden Polizisten. Mit achtzehn Jahren war ich von einer französischen Familie davongelaufen, wo es mir nicht gefallen hatte. Ich glaube, daß er das von mir wußte, aus dem Sommer zwei Jahre vorher, als ich ihm auf seine Aufforderung hin viele Episoden aus meinem Leben erzählte.
Ob er damals schon plante, mich gefangenzunehmen und sich gefügig zu machen, weiß ich nicht. Ich hielt ihn damals für einen lustigen und witzigen Zeitgenossen, einen oft sehr netten Menschen, der hilfsbereit war, der aber auch sehr böse werden konnte, wenn er den Verdacht hatte, daß ich ihn belog. Dem ich damals mit Handschlag versichert hatte, ich würde ihn nie belügen. Wir würden immer die besten Freunde sein und einander immer die Wahrheit sagen: Das war der Pakt, den wir im Sommer 1967, als ich achtzehn Jahre alt war, eingingen. Es war ein für mich sehr ernster Pakt. Ich hatte im Herbst, Win-

ter und Frühling des darauffolgenden Studienjahres in Wien (Spanisch, Psychologie) geglaubt, er sei mein bester Freund, immer noch, nur leider weit entfernt, im für mich mit der Entfernung und mit der Kälte Wiens in meinen Erinnerungen immer schöner werdenden Spanien.
Anders als mit einem solchen Bewußtsein wäre ich nicht für einen zweiten Sommeraufenthalt 1968 gekommen und hätte ich mich ihm nicht anvertraut, was Eusebio betraf, nachdem er uns verlobt hatte, daß ich Eusebio nicht liebte. Und anders als so hätte ich nicht ja gesagt auf seine Frage »Willst du, daß wir uns lieben«, »quieres que nos amemos«. Anders als so hätte ich ihm nachher nicht vertraut. Sogar sein Heiratsantrag im Doppelbett seines Vaters und Carmens in dem kleinen Haus im Dorf Criptana war noch von einem Menschen für mich gekommen, dem ich ja eigentlich vertrauen sollte. Damals spürte ich aber beim Jasagen, daß ich log. Und zwar log ich aus Furcht vor ihm, aus der Sorge, ihn zu verstimmen und wieder sein wutverzerrtes Gesicht zu sehen. Er hatte ein fürchterliches Gesicht, bleich um den Mund herum, mit verzerrter Nase, wenn er wütend war. Auch bleich um die Nase. Ich wollte auf jeden Fall ihn zufriedenstellen mit meinem Ja. Und mir sagen, daß es so gut war, daß ich aber – das ging mir schon damals durch den Kopf – auf keinen Fall ihn heiraten würde, sondern, wenn ich wieder in Österreich wäre, ihm schreiben, vielleicht zu Weihnachten, wenn

er mich, wie er sagte, besuchen wollte, daß es leider nicht sein konnte, daß ich jemand anderen kennengelernt hätte, oder was immer. Diese Lüge, jenes »Ja«, lastete schwer auf mir während der Monate, in denen ich die »Verlobte« spielte, in denen ich die vielen Briefe an ihn schrieb. Daß ich ihn ja eigentlich nicht gewollt und dabei gelogen hatte. Dieses Ja, diese Lüge, gestand ich ihm nie, wenn er mit mir Gewissenserforschung machte, geistige Übungen, »ejercicios espirituales« und »lavados de cerebro«, Gehirnwäschen, auch »ejercicios de noviazgo«, Verlobungs-Übungen, »ejercicios matrimoniales«: Ehe-Übungen.
Ich war voll der »Schuld«: Ich akzeptierte die viele Schuld, die er auf mich warf. Und ich brauchte doch nur eines zu ihm zu sagen: Damals, als du mich fragtest »Quieres que nos casemos«, »Möchtest du, daß wir heiraten«, meinte ich schon nein, getraute mich aber nicht nein zu sagen, denn ich wollte das Sexuelle üben und hatte das Gefühl, daß du dich, wenn ich nein sage, verweigerst. Denn du bist so empfindlich, du bist sofort verletzt, du wähnst sofort Böses, du machst sofort Vorwürfe, du hältst sofort lange Reden, du arrangierst sofort etwas, und ich hasse dich eigentlich und fürchte dich, und daß ich dich liebe, das tue ich nur so, denn wie sollte ich mir denn eingestehen, daß die Entjungferung grausam war, brutal, eine »barbarida«.
Auch ich brauchte mein Lebensgeheimnis, meine Lüge. Und daß ich mich selbst belog, hatte er mir

oft genug vorgeworfen. Schon 1967, dann wieder, und all die Monate in Toledo und Madrid: die Monate, die *er* in Toledo verbrachte. Es wurde nach ihm gerechnet, nicht nach mir.
Er fragte mich nicht, wie es mir bei Milagros ergangen war, wie sonst, in Wien etwa, wie bei seiner Freundin Marisa, wie sonst irgendwo in der Welt, und wie meine Kindheit war, meine Jugend. Ihn interessierte nur, Geschichten über Küsse zu hören und »filetes«, heute sagt man gegenseitige »Begrabschungen«, »petting«. Ihn interessierte an mir nur, was ihn betreffen, ihm etwas bedeuten könnte: Vermutlich wollte er sich beim Zuhören nur erregen, sich in eine Frau hineinversetzend, durchs Zuhören. Und darum forderte er immer wieder die Erzählungen, genau, Detail für Detail, und ansonsten war ich nur eine Zielscheibe für ihn, eine Figur, ein auserwähltes Opfer. Von Sadismus wußte ich theoretisch nichts, auch nichts über Sadomasochismus. Ich litt nicht mit Lust, sondern mit Verzweiflung. Irgend etwas, was er sagte, wie »Por qué no te compras un látigo y me pegas o te pego yo a ti«, warum kaufst du dir nicht eine Peitsche und schlägst mich oder ich schlage dich, ging an mir vorbei. So wie sein vieles Schwärmen von Holland und anderen »paises libres«, freien Ländern, wo Homosexuelle heiraten konnten, »donde los homosexuales se pueden casar«. »Hombres con hombres, mujeres con mujeres«: Männer mit Männern, Frauen mit Frauen. Er träume da-

von, einmal in Spanien eine solche Gesellschaft zu errichten, und er brauche mich dazu. Du mit deinen Fremdsprachen und mit deiner Kultur. Mit dir erreiche ich alles, ich bin ein »calculador«, ich rechne mir das aus: Ich wußte auch nicht, daß berechnen bedeutete, daß er mich nur aus kühlen Überlegungen heraus an sich zu binden versucht hatte und alles übrige nur Theater gewesen war. Ich merkte es erst, als ich mit über vierzig Jahren Erinnerungen hatte, die mir nach einem Schock kamen, den ich erlitt in einem Land, wo ich – abermals – die Sprache nicht konnte, aber angeschrieen wurde von jemandem, dem ich versuchte zuzuhören, trotz des Schreiens.

Noch heute, wenn ich schreibend erzähle, wenn ich etwas erkläre, weiß ich oft nicht, ob ich selbst es so erzähle und es für mich so war, oder ob ich etwas erwähne und es interpretiere und *er* nur gesagt hat, daß es so ist. Denn er interpretierte mein Leben um, so als wären er und ich eine Sektengemeinschaft, in der er das Wort führte. Ich muß mich sehr bemühen, ihn von mir zu trennen, um mich (wieder) als einen Menschen unabhängig von ihm erleben zu können. Als den Menschen, der ich mit siebzehn Jahren, schließlich, gewesen war, bevor ich ihn durch einen unglücklichen Umstand des Lebens leider kennenlernte.

Beim Blättern in einer Illustrierten begann ich auf eine Schauspielerin neidisch zu werden. So wie ich sie alle bewunderte und beneidete, die Frauen, denen es besser ging als mir, die keinen solchen Uniformierten in ihrer Nähe hatten, die vielleicht anders leben konnten, anders reden, mehr lachen, Witze machen, ohne daß ihr Mann sie mißverstand.

Ich wußte nicht, wie andere Männer waren, und ich würde sie alle ausprobieren, war ich einmal von dem Peiniger fort. Ich würde mir das Leben nicht mehr entgehen lassen, die Welt bereisen, mir die Männer vornehmen, sie alle ausprobieren und dann den besten nehmen. Ich würde den Peiniger vergessen, den ich jetzt schon vergessen wollte, sogar, wenn er anwesend war.

Er interessierte mich nicht mehr. Ich hoffte, daß er sich verliebte, wenn er an einen Strand fuhr. Daß er dort eine neue große Liebe kennenlernen würde. Meine einzige Hoffnung war, daß er sich verliebte.

Ich nahm mir vor, nicht mehr mit ihm zu reden und so lange gehorsam zu sein, bis es ihn langweilte. So lange stumm neben ihm zu bleiben, bis er merkte, daß es keinen Sinn hatte, daß er nichts bei mir bewirkte. Ihm die große Gleichgültigkeit vorzuspielen, nahm ich mir vor. Ruhe und Gelas-

senheit. Ihn mit nichts zu reizen. Einfach nur meine Pflicht tun. Und Pflicht, das war der Haushalt.
Ich ließ in der Wohnung kein Stäubchen frei herumliegen. Ich räumte alles weg, was ich herräumte. Es war einige Jahre her, da war er ein ganz anderer Mensch gewesen, da hatte er den Tisch abgeräumt und beim Kochen geholfen, beim Geschirrabtrocknen, und dabei hatte er gesungen. Er hatte damals sogar auf einer Gitarre gespielt und sie sich auf die Schultern gelegt, um blind, mit nach hinten, über die Schultern greifenden Händen die Gitarre zu halten. Weniger gefallen hatte mir, wenn er die Oberlider nach außen umklappte und mit Augen, die dadurch vorstanden, mich anschaute.
Wenn ich damals schrie, weil ich es abstoßend fand, wenn ich weinte, weil wir über den Stierkampf verschiedener Meinung waren, hatte er nicht besonders viel gelacht, sondern nur nachdenklich gewirkt.

Er war sechs Jahre älter gewesen, er war auch jetzt sechs Jahre älter. Ich zwanzig, er sechsundzwanzig.
Ich war sehr alt.

Ich war enttäuscht. Nicht nur hatte er gesagt, daß eine Verlobte keine Freundinnen und Freunde hatte und keine Eltern, sondern nur den Verlobten als besten und einzigen Freund und seine Familie als neue Verwandte, sondern er hatte mir versprochen, ich würde frei sein, und mein Heiraten war ebenso ein Akt der Höflichkeit gewesen ihm gegenüber wie auch ein Akt der Selbstrettung, um nicht schuldig zu sein und in Schuldigkeit zu ersticken, wenn ich erst einmal von ihm getrennt wäre. Es wäre mir unmöglich gewesen, von ihm fortzugehen, besonders nach seiner Mutter, »Bleibe, Kind, Tochter, bitte! Probier es mit ihm. Und nach zwei Jahren trennt ihr euch. Ich werde dich aufnehmen wie ein eigenes Kind, wenn es mit euch schiefgeht.«
Ein solches Angebot durfte ich nicht ablehnen, denn schließlich war es um seine Zukunft gegangen und sein Aufstreben im Beruf und seine Karriere, und nun tat er mir das an, daß er sich vollkommen verwandelte, in einen Uniformierten, der mir mit der Uniform begegnete, in der Tracht des Militärs mir die Befehle gab, die Rügen, das Gebrüll, das kurz war und prägnant, als wäre ich in einem Gefängnis und nicht in einer Wohnung. Als wäre ich eine Lagergefangene, fällt mir heute

ein, und daß er ja auch sagte, er leite ein privates Konzentrationslager.
Dann sagte ich mir immer wieder, daß es eine Ehe war wie jede, eine spanische nämlich, und daß es allen Frauen so erging wie mir. Denn schließlich hatte er nicht nur das oft zu mir gesagt, sondern auch, andere Frauen würden mich um ihn beneiden. Und vielleicht waren andere Männer schlimmer. Auf jeden Fall schienen andere Frauen wirklich tapferer zu sein als ich, denn beim Fleischhauer waren Frauen lustig, und ich bewunderte sie für ihren Mut und ihre Stärke und gute Laune. Sämtlichen Frauen fühlte ich mich unterlegen.

Das einzige, was ich eben tun konnte, war Kochen zu lernen und wie man einen Haushalt führte.
An Milagros und Adolfo oder an andere Personen, die ich kannte, zu schreiben, war mir unmöglich. Ich konnte nichts mehr von dem, was wirklich war, erzählen. An meine Mutter schrieb ich lange Briefe, flüchtete ins Berichten über Positives. So als sei ich mit meinem Leben im großen und ganzen nur zufrieden. Miguel sagte mir, er würde Antwortbriefe meiner Mutter hin und wieder kontrollieren. Und ich würde ihm dann übersetzen müssen, was sie mir schrieb. Also durfte ich nichts Negatives erwähnen. Denn wenn meine Mutter auf etwas reagiert hätte, was ich ihr anvertraut hätte über das wahre Leben

mit ihm, die Gefangenschaft, so hätte ich, das sagte er, die Hölle gehabt anstelle des Purgatoriums, mit dem er mich, wie er sagte, reinigte.
Noch immer erschien er mir als eine Art Gottgesandter, der über mich zu Recht herrschte, obwohl ich ihn zugleich verachtete aus tiefster Seele. Aber diese Verachtung durfte ich nicht zeigen, denn wenn er sie gemerkt hatte in früheren Monaten, hatte er gerufen: »No me desprecies! O te voy a enseñar lo que vale un peine.« Verachte mich nicht, oder ich werde dich Mores lehren.

Besonders in Erinnerung ist mir die gelbe Farbe der Vorhänge und der Staub im Schlafzimmer. Ich hatte vorher noch nie Staubknäuel gesehen und kehrte sie weg. Mitten im Kehren blieb ich stehen und wußte nicht weiter. Wie war es dazu gekommen, daß ich in einer mir fremden Wohnung etwas aufkehrte, und zwar jeden Tag. Wie war es dazu gekommen, daß ein mir fremder Mann sagte, er sei mein Mann, er habe mich geheiratet.
Ich wußte von einer Heirat nichts mehr. Ich hatte das verdrängt, ebenso wie die seltsamen Monate in Madrid, wo ich auf etwas gewartet hatte: Ich wußte nun nicht mehr, worauf.
Ich erinnerte mich noch an die Bravo-Murillo-Straße, an die schlechtgekleideten Menschen dort, an die Kirche, in die ich einmal ging, »Gott schütze unser spanisches Heer!« rief der Priester. Für mich ein Grund, nicht mehr an Gott zu glau-

ben und hinauszugehen. Gott schützt, wenn er schon Heere schützt, alle Heere und nicht nur die spanischen, dachte ich. Und warum soll Gott Heere schützen, wenn Heere morden.
Ich erinnerte mich noch, daß ich mir einmal das Haar kurz schneiden hatte lassen im März oder April, wie um den Sommer wieder herzustellen, der vergangen war, Sommer im Süden, Sommer in jenem Bungalow, Sommer, bevor ich die Jungfräulichkeit verlor.
Er nannte mich damals seinen »chaval«, seinen Burschen. »Ich möchte, daß du mein chaval wirst, mein Bursche.«
Oder war das später gewesen. Ich erinnerte mich in der Wohnung in Palma nicht mehr an vieles. Das Gelb der Vorhänge tröstete mich ein wenig. Die Sonne, wenn sie durchschien. Aber in mir war alles finsterer noch als im sonst unbeleuchteten Schlafzimmer.
Wenn ich später mit einem Besen etwas aufkehren wollte, mußte ich stehenbleiben und mich wieder in die Situation zurückdenken. Ich wußte zunächst nicht, wenn ich einen Besen in der Hand hielt, was ich mit ihm anderes tun sollte als kehren. Aber wenn ich zu kehren begann, mußte ich stehenbleiben und schauen. Ich wußte dann nicht mehr, wohin ich schauen sollte. Ich wußte nicht weiter und setzte mich und ließ das Kehren sein. Ebenso erging es mir mit dem Geschirrabwaschen und mit dem Kochen. Sogar mit dem Auspacken von Eingekauftem. Ich konnte nicht

auspacken, wenn ich heimkam, später, nach der Zeit beim Peiniger, sondern mußte die Taschen und den Korb stehen lassen. Es erst einmal glauben können, daß ich eingekauft hatte. Alles um mich war irreal. Ich wußte oft nicht, wo ich war, wozu die Stiege gehörte, wohin sie führen würde, wenn ich hinaufging. Ich konnte die Tür zu meiner Wohnung aufsperren, aber ich konnte nicht in die Wohnung hineingehen, ohne daß ich Angst hatte vor ihr. Als wäre die Wohnung ein Wesen, das mich beobachtete. Ein großes, ein hohes, ein stummes Wesen, ein ungerührtes.
Ich habe viele Jahre gebraucht, das erzählen zu können, und es ist immer noch so.

Ich servierte Tee am Abend, nach dem Essen, und wir sahen fern. Beim Fernsehen schlief ich auf dem Sofa ein, weil ich vom Haushalt und von der Schule müde war. Wenn ich auf dem Sofa einschlief, ließ er mich im Bett in Ruhe. Und natürlich stellte ich mich auch oft schlafend.
Ich war gezwungen, neben ihm zu liegen, auch nach dem Geständnis seiner Morde, und er hatte gesagt, ich dürfe es nie einem Menschen erzählen, und ich wollte nicht daran glauben.
Ich bemühte mich, möglichst nicht über ihn nachzudenken, möglichst nichts mehr zu sagen zu ihm, ihn möglichst nicht zu reizen, möglichst unauffällig neben ihm zu sein, möglichst viel in der Wohnung zu malen, um nicht mehr den weiten Weg zur Schule gehen zu müssen, und in der

Schule, wenn ich hinging, malte ich einen Margeritenstrauß, der in einer Vase stak, die auf einem Stuhl aus Holz und Stroh stand. Ich malte naturgetreu und stellte ihm das große Bild, als es fertig war, aufs Sofa.

Es war ein Geburtstagsgeschenk, wie er es nicht erwartet hatte, und mit dem Geschenk hoffte ich ihn zu beschämen.

Ich versuchte immer wieder mein eigenes Gesicht zu malen und ärgerte mich über meine Lippen, weil es so schwierig war, den Mund zu malen. Über meine Nase, über die Augen und über das ganze Gesicht. Ich begann mich immer selbst zu hassen, weil mir nicht gelang, was ich mir wünschte. Mein Ehrgeiz war, alle mit einem Bild zu verblüffen. Ich wollte gesehen werden, anerkannt, auch noch immer von ihm natürlich, und daß er sich änderte. Ich wünschte mir, er würde wieder der Mensch werden, der er gewesen war vor Jahren. Aber er hatte ja gesagt, damals hätte ich ihn zu sehr gekränkt, und deshalb habe er sich ändern müssen und hart werden. Ich versuchte, ihn durch verschiedene Dinge versöhnlich zu stimmen, aber er gab seine feindselige Haltung nicht auf.

Meine Mutter schrieb mir, in Salzburg würden Malkurse abgehalten. Oskar-Kokoschka-Schule. Einige Wochen Mal- und Zeichenunterricht, ob ich dorthin fahren würde.

Er sagte: Du wirst doch nicht gedacht haben, daß ich erlaube, daß meine Frau wegfährt und mich wochenlang allein läßt?

Ich bat meine Mutter, an einen Freund meines Vaters nach Südamerika zu schreiben. Der Jugendfreund war Bildhauer und Maler, abgesehen davon, daß er eine Fabrik besaß. Wenn *er* mich einlud, konnte Miguel nicht viel dagegen sagen, denn es wäre eine Einladung von einem Beinahe-Verwandten.

Sie schrieb den Brief und sagte dann, es sei keine Antwort gekommen.

Im Juni sagte er, wir würden eine Wohnung zugeteilt bekommen, die billiger sei, in einem der Häuser, in denen nur Offiziere wohnten.

Er rechnete vor, wie billig es war. Hier zahlten wir fünftausend monatlich, dort würden wir nur sechshundert zahlen. Wir fuhren die Wohnung anschauen.

Sie war nicht besonders hell, aber sie hatte altmodische, schwere hölzerne Jalousien, hoch- oder runterzuziehen an einem breiten Band, mit Löchern, wenn sie heruntergelassen waren, durch die Luft strömte. Das Vorzimmer war dunkel und klein, links gab es eine Tür in ein kleines Zimmer mit einem Einbauschrank. Rechts führte eine Tür, halb aus Glas, halb aus Holz, in ein Wohnzimmer mit zwei Fenstern. Es gab einen Gang, sehr dunkel und eng, zu einer Toilette. Eine zweite Toilette befand sich im Badezimmer, wo auch eine Wanne war, nicht nur eine Dusche. Es gab ein Schlafzimmer mit zwei Fenstern und zwei winzige Zimmer, für Kinder, für Näharbeiten, für Gäste oder für Gerümpel. Wir teilten uns

die Zimmer auf. Ich durfte in einem kleinen Zimmer malen.
Wir zogen ein, nachdem alles neugemalt worden war. Für diese Arbeiten hatte er »ordenanzas« zur Verfügung, die ihn manchmal besuchten und etwas brachten. Einer hieß Antonio, der andere Jaime. Sie schienen ihn sehr zu respektieren, und er sagte, ich könne die »ordenanzas« zum Lebensmitteleinkauf schicken, sie würden mir alles bringen, und ich hätte dann Sklaven.
Als der erste »ordenanza« kam und fragte, ob ich etwas zu bringen anordnete, sagte ich nein.
Es war für mich nur natürlich, daß ich alles ablehnen mußte, was von ihm kam. Ich wollte keine Hilfe von seiner Seite, so wie ich ja auch die Sexualität mit ihm nie mehr probieren wollte, von mir aus, aus freien Stücken, sondern er mußte mich zwingen und mir drohen. Nur dann war ich bereit, ihm nachzugeben, tat es aber mit Todesverachtung, Angst und Ekel, und der Ekel wuchs, je länger er sich in mir vergnügte. Ich wußte nicht mehr, was das war, mein Körper. Ich hatte es vorher nicht gewußt und mit Miguel nicht gelernt, und ich wußte es auch jetzt nicht, außer, daß es eine Öffnung gab, die ihm wichtig wurde von Zeit zu Zeit. Dann bemächtigte er sich ihrer, und in Gedanken hätte ich meinen Körper gern um Verzeihung gebeten, daß ich ihn in diese Situation brachte. Ich erlebte mich mit meinem Kopf von meinem übrigen Körper losgelöst. Ich erlebte, daß er mir, wenn er sich zu vergnügen

begann, meine einzige und letzte Heimat nahm, mein Eigentum, mein eigenes, letztes Land.
Ich schaute dann zu, wie von weitem, und ich habe mir diese Sicht auf Männer nie abgewöhnt.

Ich hatte an der Wohnung Freude, und wir kauften ein blaues Sofa. Es sah auf dem Steinboden anders aus als im Geschäft auf dem hellgrauen Spannteppich. Wir kauften einen Wohnzimmerschrank aus dunkelrotem Mahagoniholz mit weißlackierten Regalen und Fächern, Schranktürchen und Zierknöpfen. Einen großen, weißlackierten Tisch, passende Stühle, und er ließ einen Bücherschrank ins Zimmer hängen.

Als seine Mutter bei uns war, lief ich einmal mit der Brille gegen den Türpfosten, spürte plötzlich, wie es in mir grau wurde, so als bestünde ich nur noch aus schmerzvollen Gedanken, die sich zusammenballten zu einem einzigen formlosen, unaussprechlichen, der mich niederdrückte, und ich dachte: Nun muß ich wirklich ins »manicomio«, ins Irrenhaus, und ich bin krank und verrückt und für immer von den Menschen abgeschieden, und ich verdiene wirklich nicht, daß ich in seiner und seiner Mutter Nähe bin, denn ich bin wirklich kein normaler Mensch mehr.
Seine Mutter warf mit eleganten Armbewegungen den Staub vom Tuch, mit ihren fetten, breiten Armen, und ich wußte nicht, warum mir im Kopf so grau war, zu einem Brei war alles geworden,

was ich dachte, und ich glaubte, nie wieder normal denken zu können.
Es war eine Zeit, in der ich nur noch schlich, in der Hoffnung, man würde mich nicht bemerken.
Es war finster im Badezimmer, finster in der kleinen Toilette am Ende des Gangs, finster im Vorhaus.
Für die Mutter war ich die Frau ihres Sohnes, und sie tat, als wisse sie nicht, daß es Probleme gab. Hin und wieder redete sie davon, wie schön es wäre, ein »nene chiquitín« zu haben, ein kleines Kind.

Von einem Ausgang zurück (er hatte mich mit auf einen Spaziergang genommen, und für mich war das ein Verlassen des Gefängnisses gewesen), stellten wir fest, daß er und ich die Schlüssel innen in der Wohnungstür hatten steckenlassen. Wir läuteten bei den Nachbarn, und einer der Söhne des Nachbarn kam mit einer Maschine, die sein Vater gebaut hatte, um steckengebliebene Schlüssel aus Türen zu holen, und ob wir unseren Schlüssel auf diese Weise zurückbekamen, weiß ich nicht mehr, nur, daß wir ab dann mit den Nachbarn bekannt waren. Sie hießen Gloria und Antonio und hatten fünf Kinder: Gloria, Antonio, Ignacio, Elvira und Ana Maria.

Ich bat die Kinder zu mir, um sie zu malen, aber ich war durch meine Erlebnisse weit entfernt von ihnen. Auch von Gloria, der Mutter, bei der ich aber, wenn ich mich zu ihr in die Küche setzte und ihr beim Kochen zuschaute, vergaß, daß ich ja eigentlich gefangen war. Es wäre mir nicht in den Sinn gekommen, der Nachbarin zu erzählen, wie Miguel H. und ich zusammengefunden hatten, worin die Verlobungszeit bestanden hatte, die Heirat, denn dazu hätte ich die Dinge, die geschehen waren, zuallererst verstehen müssen, um sie bei ihrem passenden Namen zu nennen. Son-

dern ich tat, als sei ich normal und jung verheiratet, und als gebe es nichts zu klagen. Sie schien Miguel H. zu mögen, und ich flüchtete, sooft ich konnte, in ihre Welt.
Wenn ich bei den Mir Salas, den Nachbarn, war, schrie er mich, wenn er mich abholte, nicht an, sondern benahm sich gesittet. Da er sehr gut schauspielerte, glaubte ich dann selbst, daß alles gut war, und erst in unserer Wohnung änderte er seine Miene und begann wieder mit dem Benehmen, das, wie er sagte, dazu da war, mich zu bestrafen. Er sprach mich nur mit »tonta«, »estúpida«, »imbécil« an, mit Dumme, Stupide, Debile, und ich hörte von ihm niemals meinen Vornamen. Auch nicht in verkürzter Form.
Sondern wenn ihm danach war, nannte er mich Liebling, Kleine, Kindchen, und wenn er anders gelaunt war, kamen wieder die Beleidigungen. Komm her, »tonta«, setz dich, »estúpida«, komm, »imbécil«, und besonders das Wort »imbécil« gab mir das Gefühl, ein häßlicher Körper mit einem Wasserkopf zu sein. Er schimpfte, mein Kopf sei fürchterlich groß, meine Bewegungen ungeschickt, ich sei das Häßlichste, was ein Mann an sich ziehen habe können, und er bereue den Tag, an dem er mich kennengelernt und sich in mich verliebt habe. Er gab mir immer mehr das Gefühl, ein nichtsnutziger Niemand, ein überflüssiger Mensch zu sein, eine Maschine, die arbeiten durfte, aber sonst nichts. Es war wieder so, daß ich bei den Beschimpfungen stets wartete, bis sie vorbei waren.

Wie tief alles eindringen würde in mich, wußte ich nicht, und daß es nachher keine Freiheit, so sehr ich auch von einer Freiheit träumte, gab. Er würde immer in mir sein, mit jedem Menschen, den ich neu kennenlernte, mit jedem Menschen, den ich wieder traf. Ich würde ihn niemals vergessen, denn wenn ich ihn vergessen hätte, hätte ich nicht gewußt, wer ich war, wodurch ich so geworden bin, immer verletzt und verletzbar, und ich hätte ihn nicht ausgraben können aus mir. Ich wußte, daß ich ihn nicht vergessen durfte, denn einmal mußte ich über ihn schreiben, alle Wahrheit sagen, damit er von mir fortgenommen werden konnte, damit sie ihn verfolgten und nicht mich; er drohte ja, er werde mich finden, selbst wenn ich unter falschem Namen bei den Eskimos lebte, er werde sich an mir rächen.
Er sagte, wenn er je Selbstmord begehen würde, würde er sich zuerst auf die Suche nach mir machen und mich mitnehmen.

Wen wundert es eigentlich, daß ich später auf der Suche nach einem Mann war, der ihn verhaften und ins Gefängnis bringen oder ihn töten würde.

Ich möchte gerne mit Stiefeln und in Uniform, ein Käppchen auf dem Kopf, eine Waffe in der Hand und eine Peitsche, vor ihn hintreten und ihn an einen Baum binden lassen oder an einen Pfahl, an ein Kreuz, und ihm mit der Waffe drohen. Ihn fragen, ob er sich erinnert. Und ihm dies alles vorlesen. Und dann sagen, daß ich ihn töten werde, vielleicht. Vielleicht heute, vielleicht erst morgen, vielleicht erst übermorgen oder in einem Jahr. Und daß ich es noch nicht weiß, und daß er mir bis dorthin zu Willen sein wird und mir alles beantworten, wonach ich ihn frage. Dann würde ich mir Geschichten von ihm anhören, oder auch nicht, und ich würde ihn vielleicht losbinden lassen und an eine Kette legen, eine eiserne, und direkt in der Gasse hier bei uns müßte er auf dem Gehsteig leben, angekettet an das Haus. Und er müßte mich freundlich grüßen, wenn ich vorbeiginge, und im übrigen würde ich ihn nicht beachten, hätte ihn gern aber als bellenden Hund in der Nähe. So daß er auf die Straße achtet und bellt, wenn irgend etwas ist, was nicht in Ordnung ist, und daß er Meldung macht, dabei aber angezogen ist wie ein Mensch, zivil, und ohne Uniform, und die Ketten hindern ihn am Weglaufen. Auch müßte die Polizei erlauben, daß ich ihn in Wien als meinen Hund halte. Es müßten die Passanten mit einer Tafel darauf aufmerksam gemacht werden, wer er ist, ein spanischer Ex-Leutnant, der nicht General wurde, sondern nur Oberstleutnant, weil er in Frühpension ging, und der mit tschechischen Hunden handelte, Import-Export, Hunde aus Böhmen nach Spanien. Denn darum bat er mich zu Allerheiligen 1993, ihm Geschäftsbriefe zu übersetzen, tschechisch-spanisch, er betreibe ein Geschäft mit den Tschechen.

Es gab eine Zeit, da glaubte ich mich in ihn verliebt und wollte alles Hinderliche abwerfen, um mit ihm zu sein. Mit ihm zu leben und Kinder mit ihm zu haben. Ich sah uns in Sommerkleidern. In Spanien hört der Sommer nicht auf.
Es gab eine Zeit, da fand ich ihn gut aussehend. Er selbst war es, der mich auf sein gutes Aussehen hinwies. Auf seine Nase vor allem, wie schön gebogen sie sei. Es gab eine Zeit, da tippte er mit zwei Fingern an seine Wange. Andeutung, daß ich ihn küssen durfte.
Es war eine Gnade. Er erlaubte die Zärtlichkeit. Er erlaubte, daß ich ihn anbetete, er erlaubte, daß ich ihn verehrte, ihn liebte. Er war ein Bürokrat, genauso wie er auch ein Technokrat war. Er war Wissenschaftler, Jurist, Theologe. Er wurde mein Psychiater. Er wurde sogar mein Ehemann. Er schien ein Genie zu sein und hielt mir Vorträge in Sittlichkeit und Anstand. Er sagte, er sei religiös. Er glaube an Gott und an Engel und auch an den

Teufel. Er sagte, er mache mit mir, was er wolle, bis Gott persönlich sich an ihn wenden würde: Hör auf, es ist genug. Und also wartete auch ich auf Gottes Wirken.

»Bis ein Arm vom Himmel herunterkommt und dich mir wegnimmt.« Gott wird seine Hand ausstrecken, seinen Arm, nach mir. Ich fühlte mich geschmeichelt. Niemand hatte mich für so wichtig erachtet bis jetzt, in meinem ganzen bisherigen neunzehnjährigen Leben nicht, und nun würde Gott persönlich sich um mich kümmern, eines Tages, außer Miguel. Und das, obwohl ich gar nicht an Gott glaubte. Ich glaubte an Gott erst wieder in der Stiftskirche von Wilhering. Aber bis dorthin war noch viel durchzustehen.

Nicht der Drohende, sondern die Bedrohte ist schuldig.
Die Bedrohte ist schuldig, weil sie an die Drohungen glaubte. Drohung an sich scheint kein Verbrechen zu sein. Die Bedrohte ist »selber schuld«, daß sie sich zwei Jahre lang einsperren ließ. Die Bedrohte hätte telefonieren können mit ihrer Familie in Österreich. Überall gab es Telefone. Das könne man ihr nicht erzählen, sagte zum Beispiel Felicitas, daß man nicht zu einem Telefon gehen und die Eltern anrufen könne. Felicitas wußte nichts von Psychoterror.
Die Bedrohte ist schuldig, weil sie so dumm war, ja, an ihrer Dummheit ist sie selber schuld. Und daß sie so dumm war, das wird nun zu ihrer Hauptschuld. Daß sie immer noch leidet, das ist ihr Pech. Dabei kann man ihr nicht helfen. An der Bedrohten geht heute jeder vorbei und sagt: Sie ist verrückt. Und damit sind die Prophetien des Drohenden in Erfüllung gegangen. Die Rechnung des Drohenden ging auf, das Drohen hat sich für den Drohenden sehr gelohnt: Die Bedrohte führte ein seither unglückliches Leben. Der Drohende nicht, der Drohende ging zwei neue Bindungen ein, heiratete, leistete seine Dienstjahre ab und ließ sich frühzeitig pensionieren. Er heiratete eine wohl-

habende Frau und adoptierte deren Sohn aus erster Ehe.

Die Schmerzen wollen, daß ich aufwache, die Schmerzen wollen, daß ich mich wieder hinlege, die Schmerzen wollen, daß ich schlafe. Die Schmerzen wollen, daß ich sterbe.

Nicht der Quälende, sondern die Gequälte ist schuldig. Daß sie sich so quälen ließ, ist ihre Schuld. Das brauchte sie sich nicht gefallen zu lassen, aber sie hat es sich gefallen lassen wollen! Sie wollte leiden! Und das sagte er ihr ja immer wieder auch: Nicht wahr, du leidest gerne. Nicht wahr, du genießt es, daß du neben mir leiden darfst. Und dann hatte ich das Gefühl, daß ich größer wurde. Innerlich tat mir zwar schon einiges weh, aber ich sagte nichts. Ich weinte nicht mehr. Ich war steifgefroren innerlich von der Kälte, die er in mich trieb. Man kann das nämlich, Menschen mit Kälte füllen. Mit Worten, die Kälte verströmen, mit Zynismen, mit Sarkasmen, mit Ironie, und er beherrschte diese Wissensgebiete vorzüglich. Sein Kopf war größer als der anderer Menschen. Um die Stirn herum, die sehr hoch war, auch sehr breit. Ein Monster von einem Menschen, eigentlich. Es ist möglich, so wie mir nun die Erinnerung es mir diktiert, daß er sagte, er sei ein »extraterrestre«, ein Außerirdischer. So wie er von Elektronengehirnen redete, von »computadoras«, von Speicherungen, und von vielen Dingen, die in mir die Gewißheit wachsen ließen, daß es sich bei ihm um einen sehr intelligenten Mann handelte, der mich ideal ergänzen würde. Und wenn ich selbst nicht darauf gekommen sein sollte, so hatte er es mir vorgesagt und offenbart und angeboten und immer wieder suggeriert. Der Kunde wird so lange bombardiert mit Lob der Ware, bis er kauft. Der Spanier aus der Mancha lobte sich immer wieder selbst. Mir fiel nicht auf, daß das verdächtig gewesen wäre, sondern es erschien mir als ein gesundes Selbstbewußtsein, das ich nicht besaß. Auch gefiel mir, daß er sich neben mir in einen immer selbstsicherer werdenden Mann zu entwickeln schien, einen, der vorher solches Selbstbewußtsein nicht besessen hatte. Und ich rechnete es mir als mein Verdienst an, ihn von seinen Minderwertigkeitskomplexen, von denen ich annahm, daß er sie gehabt hatte, befreit zu haben. Er sagte etwas von einer Frau, die wie eine Säule sein müsse, eine »columna vertebral«, ein Rückgrat für ihn. Und ich sollte diese Frau werden neben ihm. Er würde von mir viel lernen, was Bildung betraf. Ich spräche mehrere Sprachen, und das wäre für ihn günstig, für seine Karriere, und eines Tages würde er über Spanien herrschen. Er brauche mich für seine Karriere, ja, es sei noch mehr, er liebe mich, und zwar so, wie er nie eine Frau noch sonst irgendeinen Menschen auf Erden geliebt habe. Ich glaube, daß er dabei eine Ausnahme machte, natürlich: seine Mutter. Seine Mutter war aber unterwürfig zu ihm und er ekelhaft zu ihr.

Im Wohnzimmer meiner Eltern stand in der Ecke neben einem der beiden Fenster, die zur Gasse zeigten, eine große Gummibaumpflanze in einem Topf. Eines Abends, nachdem nach dem Fernsehen alle schon zu Bett gegangen waren, saß ich noch allein im Wohnzimmer am großen, runden, niedrigen Tisch, der mit einer geklöppelten Spitzentischdecke bedeckt war. Es war in den Dezembertagen des Jahres 1970.

Der Spanier hatte mich nach Österreich fliegen lassen. Er und seine Mutter hatten mich kurz vor der Abreise mit einem Geschenk überrascht. Ein sehr schöner und gar nicht billiger Lammfellmantel. Sie hatten ihn aufs Doppelbett im Schlafzimmer gelegt, und ich probierte ihn sofort an. Er paßte. Wirklich gut gekleidet kam ich in Österreich an. Vielleicht für meine jüngeren Schwestern beneidenswert. Es kam natürlich nichts über meine Lippen, denn die Fassade half mir. Sie war fast perfekt, und ich erhielt sie aufrecht. Gewiß konnte ich nicht so sein wie früher, wußte nicht viel zu reden, schwieg die meiste Zeit, ich, die ich früher so viel erzählt hatte. Und mit der eigentlich alle auch immer sehr gern gelacht hatten, wie meine Mutter mir später sagte. Ich saß nach einem Theaterstück von Peter Ustinov, das im Fernsehen gezeigt worden war, im Wohnzimmer und beschrieb meine Stimmung. Dazu verwendete ich ein Tagebuch, in das ich dann auch schrieb, ich hätte mir Kinder von Fernando Rivera gewünscht.

Der Spanier rief an und fragte, wann ich kommen würde und ob ich zurückkehren würde. Ich sagte, ich wisse nicht, ob ich zurückkehren würde, ich sei mir beim Tagebuchschreiben über etwas klargeworden, und es kam zu einem längeren Gespräch, bei dem er mir versicherte, er würde mich, wenn ich zurückkehrte, nur gut behandeln, und ich erwähnte dabei, daß ich das Tagebuch in spanischer Sprache geschrieben hätte, damit meine Familie nichts lesen konnte. Denn meine Eltern, das war meine Gewißheit, durften nicht erfahren, daß die Hochzeit eine Farce gewesen war. Er sagte, ich solle ihm das Tagebuch schicken. Und er, immer noch mein Freund, plötzlich, wieder, in meiner Vorstellung – er war weit weg, er und seine Mutter hatten mir den schönsten Mantel geschenkt, den ich je in meinem Leben gehabt hatte, ein Mantel bis zu den Knöcheln, etwas schöneres gab es für mich nicht damals –, war wieder mein guter Freund. Ganz gewiß werde ich dich nur gut behandeln, sagte er. Schicke dein Tagebuch, damit ich dich verstehe.

Ich tat es, in der Hoffnung, er würde mir schreiben oder mich anrufen mit den Worten, er habe nun erkannt, daß es sinnlos sei, da ich mir ja von einem anderen Mann und nicht von ihm Kinder gewünscht hatte. Er rief aber an oder schrieb, ich solle zurückkommen.

Bei meinem Vater hatte ich versucht, auf einer Autofahrt, eine Andeutung zu machen, daß ich in Österreich bleiben würde, und zwar in der Heimat, und daß ich gar nicht fortwolle, sondern glücklich sei, wo Schnee liege, wo Wald sei, wo ich mich zu Hause fühle, und ich merkte, daß mein Vater fest damit rechnete, daß ich wieder wegflog.

Ich sah für mich keine Chance, bei meinen Eltern zu bleiben. Also nahm ich das Angebot von Miguel Herreros an, wieder zurückzukehren und erwartete von nun an gute Behandlung.

Er holte mich vom Flughafen ab und fuhr mit mir zur Wohnung, und an seinem Benehmen merkte ich nur Neutralität. Irgendwann, als wir in der Wohnung waren und ich die Rede auf das »diario« brachte, das Tagebuch, sagte er, er habe es nicht mehr, »lo he tirado«, was heißen konnte, er habe es weggeworfen oder zerrissen. Nun war es also fort, und mir war sehr leid darum, denn ich hatte einen Essay begonnen, über die Frage des Helden in Ustinovs Tragikomödie »Endspurt«: »Was ist Aufrichtigkeit?« Ein Mann, der ein Buch schrieb, am Ende seines Lebens, der von seiner Frau immer wieder gestört wurde, die meinte, er würde sich verkühlen, er solle zu Bett gehen und sich gut zudecken, es sei kalt. Kaum war die Frau außer Sicht, setzte er sich wieder an seinen Schreibtisch und sann über sein Leben nach. Dabei begegnete er sich selbst in mehreren Gestalten. Der junge Mann, der er gewesen war, der ältere, der mittlere, und immer wieder seine eigene Ehefrau, als er sich verliebt, als er sie heiratet, sich von ihr trennen will, und am Ende fragt er, was denn das ist, Aufrichtigkeit.

Mir gefiel, daß es jemanden, einen Mann gab, der etwas in Zweifel zog. Der nach der Bedeutung eines Wortes fragte. Dem das nicht so leicht fiel, immer alles zu wissen. Der also ganz anders als der Spanier war.

Ich hatte nicht das Bedürfnis, die Ehe zu retten oder Miguel Herreros noch bei irgend etwas zu helfen, sondern retten wollte ich nur noch mich. Was sollte werden aus meinem Leben: Miguel H. hatte mir viel Zukunftsangst eingejagt und mir oft und oft versichert, daß ich zu nichts taugte, daß ich feige sei, erbärmlich feige, daß ich es nie zu etwas bringen würde, daß ich ohne ihn nichts wäre, ein »Haufen Dreck«, »ein Stück Scheiße«: Ich wollte dies alles nicht so glauben.

Daß er meinen Text, den ersten, längeren Text, den ich seit dem Frühling 1969, als ich ihm die Beschreibung unserer Reise nach Österreich zum Geburtstag schenkte, verfaßt hatte, weggeworfen hatte oder gar in Stücke zerfetzt, bedrückte mich. Ich dachte aber sogar: Er hat dazu das Recht gehabt, eben weil ich »gesündigt« habe. Ich habe ja Sünden begangen mit Fernando, Sünden begangen auch, als ich mir von ihm Kinder

wünschte und Miguel H. nicht liebte und ihn damit verletzte. Ich fühlte mich immer noch schuldig, Miguel H., einen so noblen Menschen (er sagte, er sei nobel und ein »noble«, also ein Adeliger) nicht erkannt zu haben.
Der Verlust der vielleicht dreißig handgeschriebenen kleinen Seiten traf mich. Ich hätte dort gern weitergearbeitet, und nun war der Faden verloren. Ich merkte mir nur den Anfang, Ustinov, das mit den Kindern von Fernando und den Gummibaum. Und daß im Haus meiner Eltern Schweigen herrschte. Und jeder in seinem Bett schlief, in seinem Zimmer, und jeder allein, so wie ich allein war. Und niemanden zum Reden haben. Und von der Mutter nicht verstanden werden, vom Vater nicht, von den jüngeren Schwestern nicht mehr: fremd in der Familie.
Vielleicht hatte ihn das animiert, mich zurückzuholen. Es geschah mit vielen Versprechungen und Versicherungen und viel Überredung. Er war ja eloquent. Und er blendete damit auch Spanier, nicht nur Ausländer, die ihm sprachlich noch weniger gewachsen waren.

Im Jänner 1971 war die Stadt trüb unter milchig grauem Himmel. Die Luft war feucht und kalt. Ich habe nur die Erinnerung an etwas sehr Dunkles im Wohnzimmer bei uns dort, und daß die Atmosphäre dunkel geschwängert war, ich wußte nicht, wovon. Vielleicht von den zerrissenen Seiten, vielleicht von der Eigenwilligkeit, mit der

er vorgegangen war, meine Texte zu vernichten oder nur wegzuwerfen, einfach etwas mir wegzunehmen, was ich ihm aber, ich mußte das zugeben, ja eigentlich geschenkt hatte. Mir war damals der Unterschied zwischen »anvertraut« und »geschenkt« nicht bewußt, ich hatte ihm das Ganze ja nur zum Lesen überlassen, er hätte es nicht wegwerfen dürfen, wenn auch verständlich war, daß er sich ärgerte und vielleicht nur im Ärger alles weggeworfen hatte?
Ich weiß nicht mehr, ob ich mich auf Gespräche einließ. Mich wunderte aber, daß er mir den Inhalt (drei Kinder habe ich mir gewünscht, und wenn ich mir vorstellte, ich würde drei Kinder haben, so stellte ich mir vor, sie wären von Fernando) nicht vorwarf. Es wunderte mich ja selbst, in Österreich, als ich das schrieb, daß ich noch immer den Mut hatte, das zu bekennen, nach all den Mißhandlungen, die ich im Zusammenhang mit dem Namen Fernando über mich ergehen lassen hatte müssen. Ich war mir treu geblieben, treuer als dem Spanier, der unter Treue nur verstand, daß ich mich ihm zu beugen hatte.
Ich verstand also seinen Ärger. Trotzdem ist etwas sehr Dunkles in meiner Erinnerung, im Zusammenhang mit jener Wohnung, wenn ich mich jetzt, mit fünfzig Jahren, geistig zurückbegebe. Es war etwas in der Luft, es hing schwer zwischen uns, es war eine Art dunkler Wolke. Vielleicht, weil ich fühlte, daß etwas in ihm aufgestaut war. Vielleicht sein Geständnis, er habe

gemordet und zerstückelt und vergraben? Ich hatte das aber ganz gewiß damals verdrängt und dachte nicht daran. Eher erschien er mir bekümmert.

An die Monate Jänner und Februar 1971 habe ich weiter keine Erinnerungen. Ich machte den Haushalt, ging zur Schule. Es ist möglich, daß er an den Nachmittagen damals noch Mathematiknachhilfestunden gab, immer vier Buben im Alter von zehn Jahren bei ihm am Tisch, im Wohnzimmer, so wie vor meiner Abreise, wo sie mich noch zum Bleiben überreden wollten, seine Mutter und er, Weihnachten mit ihnen zu verbringen in Valencia, wegen des schönen, großen Truthahns, den einer der Väter der Nachhilfeschüler als Geschenk gebracht hatte. Es war mir aber als ein Wunder erschienen, daß ich die Erlaubnis erhalten hatte, Weihnachten 1970 bei meinen Eltern zu verbringen. Ich sah dahinter keine Taktik seinerseits, etwa so, daß er schon den um uns Lebenden eine Ahnung unserer Trennung ermöglichte. Ich hatte sein Angebot dankbar angenommen, nicht nur den Mantel, und war erleichtert darüber, daß er nicht mitkam.

Nun gab er wieder Nachhilfestunden, nachmittags, und er trug oft eine rote, lange Strickjacke.

Die Mode, lange Kleidung zu tragen, knöchellange Röcke für Frauen, kam damals auf, in Reaktion auf die Minimode. Ich nähte mir einen braunen und einen roten knöchellangen Rock, unter Anleitung der Nachbarin Gloria, die mir auch ihre Nähmaschine zur Verfügung stellte, bei ihr in der Wohnung. Ich hielt mich viel bei ihr auf. Es kam auch die Rede darauf, ob wir nicht bald Kinder haben würden. Ich glaube, daß ich antwortete, daß weder Miguel H. noch ich Kinder wollten. Es ist auch möglich, daß sie mich zu überreden versuchte und wieder über ihren Glauben und ihre Kinder sprach und darüber, wie sie Antonio, ihren Mann, kennengelernt und für ihn alles geopfert hatte, nämlich ihre Karriere als Opernsängerin.

Im März kam uns mein Vater besuchen und blieb zehn Tage oder zwei Wochen, vielleicht sogar drei. Er unterhielt sich mit mir ganz gut, wenn wir nach dem Frühstück noch zusammensaßen, und ich lernte ihn als einen netten, kaum jemals zynischen, umgänglichen und hilfsbereiten Mann kennen. Spanische Wörter, die ihm auf Schildern auffielen, erregten häufig sein Interesse. »Zum Beispiel ›rebajas‹«, sagte er. »Jetzt weiß ich, woher der Reibach kommt, der jüdische! Rebaja spricht man rebacha und bedeutet also: Nachlaß. Preisnachlaß, ein Reibach! Das ist also nicht hebräisch, sondern spanisch! Interessant! Interessant.«
Ihm gefielen die Schuhputzer, die sich auf seine Schuhe stürzten. Er diktierte mir einen langen Brief, den er »von der Insel aus« nach Hause schickte. An alle zu Hause Gebliebenen, sehr witzig, etwas zynisch aber auch.

Als er fort war, ging für uns das Leben weiter, für Miguel mit Nachhilfestunden, für mich mit Schule. Wir taten etwas Fürchterliches: dem Hund den Schwanz abschneiden lassen, ihn »kupieren«. Mein Vater hatte das vorgeschlagen. Wir ließen eine Operation machen, bei der der lange Schwanz des Hundes, der in Vollnarkose lag, abgesägt wurde. Während der Narkose in der Ordination des Tierarztes fiel der Hund vom Operationstisch.

Ich hatte nicht rechtzeitig nein gesagt, als mein Vater die Operation vorschlug. »Ein Hund muß unbedingt kupiert sein. Er wirft euch ja sonst mit seinem Schwanzwedeln, wenn ihr Besuch habt und er sich freut, das Geschirr vom niedrigen Tisch hier. Das sollte man gleich nach der Geburt machen, aber ihr könnt es nachholen.« Der Hund lag mit dickem Verband und schaute immer wieder nach seinem Schwanz und versuchte dort zu lecken. Er hieß »Blitz«, so hatte ich ihn getauft, nach einem Hund, den es einmal in meiner Heimatstadt gegeben und den ich gekannt hatte, der eines Tages verschwunden war, der Hund der Kinobesitzerin.

Nun richtete Miguel H. den Hund ab, auf grausame Art, ihm Fleisch auf den Boden legend und ihn schlagend, wenn er es schnappte. Er verfolgte dabei den Hund durch den engen Gang bis zu der Toilette, in die er sich geflüchtet hatte, die sein Platz war, und schlug ihn dort mit der Leine. Er sagte, so müsse man Hunde abrichten, sie

rechtzeitig bestrafen, und ich verlor damals zum ersten Mal Mitleid mit Miguel H. Immer hatte ich ihn bemitleidet für seine schwere Kindheit. Sie war ähnlich gewesen der meiner Mutter: getrennt von seiner Mutter, mit schweren Winterschuhen, die er zur Strafe anziehen mußte im Sommer, so daß ihn in der Schule alle verspotteten. Rachitis, verdünnte Milch, mit Wasser aufgegossen, Kalkmangel, Kalziumtabletten, schwaches Knochengerüst, weiche Knochen, Verwachsung an der Brust: Ich schaute nicht genau hin, er erzählte etwas von Mißbildungen. Einer Bekannten meiner Mutter war die »Hühnerbrust« sofort aufgefallen, und angeblich redete sie in einem Geschäft öffentlich darüber. »Was hat denn die Brigitte, die hat doch diesen schönen Kolumbianer gehabt, warum heiratet sie denn einen Spanier mit einer Hühnerbrust?«
Den Hund ließ er angebunden in der Toilette hinter dem Gang, wenn er fortfuhr mit dem Auto, ich wußte nicht, wohin, es interessierte mich kaum oder gar nicht mehr. Ich wohnte sehr abgekapselt von meinen eigenen Gefühlen neben ihm. Eigentlich wohnte ich nur innerhalb ein und derselben Wohnung in seiner Nähe.
Im Juni diktierte er mir, was ich an meine Eltern schreiben sollte. Daß wir uns trennen würden, daß wir gemerkt hätten, wir paßten nicht zusammen, daß wir aber gute Freunde bleiben und gemeinsam noch Sommerurlaub in Österreich machen würden.

(War es, weil die Vergewaltigung vom August 1968 im Sommer 1971 nach drei Jahren verjährt sein würde? Diese Frage stellte ich mir erst sehr viel später, als ich über ihn mehr nachdachte.)

Ich schrieb den Brief und kämpfte mit Tränen, weil es ja nicht so war. Weder traf zu, daß wir nicht zusammenpaßten, sondern es war ja viel Schlimmeres gewesen; noch wollte ich behaupten, daß ihn und mich Freundschaft verband. Ich empfand auch mit meinen Eltern Mitleid, wie sie entsetzt sein würden wegen des Briefes. Meinem Vater gefiel Spanien. Er hatte angekündigt, er werde im Herbst wieder kommen. Natürlich war ich erleichtert, so bald, früher als erwartet, meine Freiheit wiederzuhaben. Aber die Erwartungen meines Vaters waren für mich auch wichtig. Und ich wollte meinen Eltern nicht weh tun, sie nicht enttäuschen, und vor allem wollte ich keine Vorwürfe hören und auch nicht wieder nach Wien geschickt werden zu einem Studium. Eigentlich hatte ich mir vorgestellt, nach dem Erlangen meiner Freiheit wieder in Madrid sein zu dürfen und dort das Malerei- und Bildhauereistudium fortzusetzen, Fernando wiederzusehen und die anderen Freunde.

Miguel H. aber hatte andere Vorstellungen von meiner Zukunft. Er wandte sich an ein Reisebüro und erstritt sich in langen Debatten mit einer jungen, hübschen Angestellten, mit der er sehr gut kokettierte, zwei billige Flugkarten. Er ging mit mir einkaufen und erlaubte, daß ich mir ein wunderschönes hellblaues Baumwollhemd, eine Art Pullover, ohne Kragen, mit rundem Ausschnitt, halbkurzen Ärmeln, kaufte. Es paßte zu meinen inzwischen leicht blondierten Haaren sehr gut. Ich war ein wenig braun geworden, nur vom Einkaufen und Spazierengehen, manchmal, um die Mittagszeit, und ich sah sehr gut aus. Er legte Wert darauf, daß ich hübsch war, und auch er kleidete sich ein. Wir flogen nach Österreich und wurden von meinen Eltern sehr freundlich aufgenommen. Ich spielte sehr gut die Freundschaft mit ihm, an die ich auch gerne glauben wollte, solange er bei uns in meiner Heimatstadt war. Als der letzte Tag kam, packte er seinen Koffer, und ich schaute einmal kurz dabei zu. Nun würde er sich bald von allen verabschieden, und ich gab ihm die Hand, ich würde jetzt schon »Auf Wiedersehen« sagen, denn ich wollte gleich spazierengehen. Irgendwie brachte er meine Mutter plötzlich dazu, mich festzuhalten und nicht fortgehen zu lassen. Dann hatte ich eine Halluzination: Ich sah sein übergroßes, lächelndes Gesicht plötzlich überm Teppich schweben, obwohl er sich im Nebenzimmer aufhielt.

Ich begann Angst zu haben, und meine Mutter gab mir Beruhigungstabletten. Er merkte dann, daß ich gedämpft war und rief, nun gebe es für ihn keine »duda« mehr, keinen Zweifel, ich müsse mit ihm fliegen, denn was hätte denn meine Mutter mit mir gemacht, mir Tabletten gegeben, mich in so einen Zustand versetzt! Ich glaube, daß er es so ausdrückte, er müsse mich retten, und vollkommen umnebelt von den Tabletten, wie in Watte gepackt, alle meine Bewegungen verlangsamt, und wahrscheinlich ein ständiges Lächeln im Gesicht, ließ ich mich von meinem Vater zusammen mit Miguel H. zum Hauptbahnhof Linz bringen, wo wir uns verabschiedeten von meinem Vater. Wir fuhren mit einem Zug nach Wien und flogen von dort nach Palma zurück.

In der Wohnung war es sehr heiß. Ich öffnete die Fenster, ließ die Jalousien herunter, schlief neben Miguel H. ein, denn der Flug und die Landung hatten sich wegen technischer Schwierigkeiten stundenlang hingezogen und stark verzögert. Wir waren erschöpft. Lange war das Flugzeug über der Stadt gekreist, bevor es landen durfte.

Als ich aufwachte, erschrak ich. Es graute mir. Wo war ich wieder, hierher hatte ich doch nicht zurückgewollt. Ich dachte an Gaisbach Wartberg und meinen Aufenthalt dort als Kind, als ich wollte, daß meine Mutter mich wieder nach Hause holte. Sie holte mich damals, und jetzt war ich über einundzwanzig Jahre alt und meine Mutter würde mir nicht mehr helfen können. Ich sah im Geist die Stadt draußen, die Hitze, spürte das Fremde und mein Fremdsein: Nie würde ich bei Miguel H. bleiben wollen, es war ja ausgemacht, daß ich wegkonnte, warum hatte er mich nicht in Österreich gelassen. Ich schrieb an meine Mutter einen Brief und weinte, weinte, weinte. Ich gestand die Scheinehe.

Kraft, den Brief zum Briefkasten zu tragen, hatte ich nicht. Auch fürchtete ich Miguel H. Ich bat die Nachbarin, den Brief aufzugeben. Danach litt ich an Erbrechen, die Nachbarin brachte mir Diätspeisen: getoastetes Weißbrot mit Olivenöl und Salz bestrichen. Sie meinte natürlich, ich sei schwanger.

Durch die Krankheit ließ Miguel H. ziemlich von mir ab, fuhr nachmittags allein weg, ich nahm an, zu einem Strand, denn er sagte: »Voy a la playa.«

Ich hatte nicht so wie er die Erlaubnis, die Wohnung zu verlassen zu meinem Vergnügen, kümmerte mich aber um den Hund, den er meist zurückließ. Mit dem Hund durfte ich in der Nähe der Wohnung spazierengehen. Zur Schule durfte ich gehen und einkaufen.

Im September kam mein Vater zu uns auf Besuch, als wäre nichts gewesen. Offensichtlich im September 1971: Es wunderte mich, als ich mich mit fünfzig Jahren anhand einer Zeichnung, die hinten beschriftet war, vergewissern konnte, daß »unser Vater, Herbert« bei uns war. Miguel H. dürfte nach dem Besuch des Vaters bei uns wieder angefangen haben, mir Erinnerungen zu löschen. Er hielt mir lange Vorträge. Er klärte mich über meine Schwester Gabi auf, sie habe versucht, ihn zu verführen. »Deine Eifersucht ist berechtigt gewesen. Ich warne dich: Deine kleine Schwester haßt dich. Ich habe sie beobachtet. Ich glaube, sie hassen dich alle zu Hause. Nur, damit du es weißt, wenn du zurückkehrst zu deinen Eltern, damit sie dir nichts vormachen können. Damit du gewappnet bist.«

Er malte mir meine Zukunft schwarz aus.

Was war nur unsere Beziehung? Was sollte ich daheim erzählen. Daß wir ferngesehen haben am Mittwoch und unsere nackten Füße zusammensteckten im Bett? Daß wir dann wie Kinder waren, wenn das Fernsehen begann? Oder daß wir uns manchmal festhielten aneinander, manchmal, hin und wieder, ich aber mit Angst neben ihm wachlag, und daß wir gestritten haben über Politik? Sollte ich das erzählen, daß ich neben ihm im Bett mehrere dicke Bücher auslas? Daß ich Monographien und Romane verschlang, Zeitschriften, Zeitungen, daß ich so viel las wie seit Jahren nicht und auch später nie wieder? Daß ich im Bett nähte, im Bett zeichnete, während er fernsah und las? Romane und Zeitschriften und die Zeitung?
Interessierte es meine Eltern oder meine Schwestern überhaupt?

Da gäbe es doch noch etwas zu erzählen, nur, wie kann ich darauf kommen? Ich lasse mir drei Jahre meines Lebens nicht nehmen, so mir nichts, dir nichts, sondern ich muß entdecken, wie das mit ihm war, warum er mich fortschickte mit »Du liebst mich nicht, du hast mich nie geliebt, du hast nie geliebt, du weißt nicht, was Liebe ist, ich will, daß du gehst, denn ich bin draufgekommen, ich liebe dich nicht mehr!«

»Bevor du gehst, wirst du aber mit mir zur Hochzeit meines Bruders fahren, die ist am 31. Oktober. Dann wirst du mit mir zu Weihnachten nach Valencia fahren und mit mir zum Anwalt gehen. Ihm wirst du sagen, daß du mich verläßt und auf alles verzichtest. Dann fahren wir nach Madrid und feiern Silvester bei Manto und Joaquin. Dort wirst du zeigen, daß du mit mir glücklich bist, und am 6. Jänner fährst du zurück nach Österreich. Du wirst den Nachbarn nichts erzählen, sondern eben sagen, daß du nach Hause fährst. Du kommst dann einfach nicht wieder.«

Was glauben denn die daheim. Sie hat sich ein schönes Leben gemacht in Palma de Mallorca. Jetzt ist sie wieder da und glaubt, daß es so weitergeht. Sie ist zweiundzwanzig Jahre alt und muß noch etwas werden. Sie muß studieren. Sie hat ja sonst keine Möglichkeiten im Leben. Wer nicht studiert hat, ist kein Mensch, sondern nur ein Mensch zweiter oder dritter Klasse.
Die Abwehr des Vaters war es erst, was mich an Selbstmord denken ließ, anhaltend, ab dann. Die Forderungen, ich solle nun etwas werden. Die Abweisung durch H., den neuen Freund daheim, den Geliebten, den seltsamen Mann, der seine Frau betrog und trotzdem bei ihr blieb.

Die Männer, wie sie waren. Das Leben, wie es war. Anders als in Büchern, anders als in Filmen. Anders, ganz anders als in Schlagern. »Männer lieben nicht.« Wer hat mir das gesagt. »Männer tun nur so.«

Warum konnte ich denn nicht reden. Es steckte mir im Hals als kostbare Erfahrung. Was er Liebe nannte, hielt ich für Liebe. Noch immer dachte ich, daß er mich liebte. Und daß ich ihn verlassen hatte.

Was aber steckte mir im Hals. Das, was ich nicht sagen konnte, was sie »Ehe« nannten, »Verlobung«, was ich nicht überprüfen konnte, ob es bei anderen auch so war. Was er mir aufgedrängt hatte, aufgeschwatzt, womit er mich köderte, mit Versprechen, wir würden reich sein, wir würden glücklich werden, wir würden tolerant sein und Freunde, nur gute Freunde.

Was er »lavar el cerebro« nannte und bei dem ich nicht draufkomme, was das war. Womit er mir das Gehirn wusch, jeden Tag oder jede Woche, ich wußte es damals nicht, daß es so etwas gab, Meinungen zerstören, Meinungen aufpfropfen, schreien »Du weinst jetzt nicht!« und »Wenn du weinst, ...«

Was sollte ich denn zu Hause tun, als auf einem Sessel sitzen und ins Leere schauen und aus dem Leeren meine Geschichte hereinholen. Die Geschichte erraten, nach und nach, wie sie gewesen war, was er alles getan, was gesagt, wozu überredet hatte.

Auf dem Sessel sitzen und ins Narrenkastl schauen, wie das hieß, wenn man dabei erwischt wurde, daß man vor sich hinstarrte und nachdachte.

Ich seh', ich seh', was du nicht siehst. Ich sitze da. Natürlich glotze ich auch, denn das Glotzen gehört zum Menschsein.

Man glotzt, weil man Dinge sieht, die woanders sind, ganz weit zurück, weit fort. Man ordnet, während man glotzt, die Erinnerung. Man wundert sich, und man braucht dabei die Augen nicht, aber man hält sie offen, man reißt sie auf, denn die Augen müssen beim Glotzen offen sein. Man blickt in die Ferne, in die Gegenwart, in die Zukunft, in die Vergangenheit, alles sieht man. Alles weiß man, wenn man glotzt. Alles weiß man, wenn man ins Narrenkastl schaut. Man steht einfach drüber.

Sitz nicht da und glotz, sondern tu was, rief der Herr Papa. Natürlich kann man nicht ewig sitzen. Der Vater sagt, sie soll weggehen, die Tochter, sich unterhalten, mit Bekannten, sie soll ins Gasthaus gehen, damit sie unter Leuten ist, unter Bekannten, unter Menschen, »Du wirst sonst keine Freunde haben!«

Ich ging mit Jimmy mit, ich begann zu zittern, auf dem Weg, auf einmal wurden mir die Knie weich.

Sie wurden mir noch weicher, als die Tür zum Gasthaus aufging und ich vor den Augen der drin Sitzenden den Raum durchqueren sollte, bis zum Tisch. Die Knie waren mir so weich, daß ich dachte, ich würde zusammenbrechen und eine Schande werden für mich selbst.

Die Knie sind so weich, daß ich denke, zwischen den Waden und den Oberschenkeln ist nichts, nur Freiraum, nur Luft. Und daß meine Beine gar nicht aus einem Stück sind, sondern unten gehen die Unterbeine und oben stecke ich auf den Oberbeinen.

Mein Herz schlägt so rasend, daß ich denke, es wird mir Worte hinausjagen aus dem Mund. Schreie.

Ich sehe zu, daß ich den Raum durchquere und sicher auf einem Platz zu sitzen komme. Ganz schnell habe ich sie alle gesehen, die Gesichter, Ehefrauen, ältere, jüngere, Ehemänner, wie haben sie sich geformt, zu Paaren gebildet.

Ich bin die lächerliche Person. Aber das wissen sie vielleicht nicht, denn vielleicht bin ich es nur für mich.

Ich versuche zu lächeln und einiges zu sagen, ein paar Worte, bis ich Wein bestellen kann und Wein trinke, ziemlich schnell, und das Zittern der Beine, das Herzklopfen, das Schwitzen, alles hört auf.

Ich habe beim Anblick der Verheirateten, die vorher nicht verheiratet waren, geschwitzt, daß es eiskalt aber meinen Rücken geronnen ist, über die Brust, unter den Armen, bis zu den Fingern. Es ist geronnen, er ist ausgebrochen, der Schweiß, das Wasser.

Die Tränen, die ich nicht weinen konnte und nie werde weinen können.

Als ich wieder einmal darüber nachzudenken versuchte, wie ungewiß das Alter ist, das große Tor, das halbrunde, durch das man in die Zukunft sieht, sah ich mein Alter und meine Zukunft wie eine tiefschwarze, pechige, ölige Insel im Meer, wie aus schwarzem Gestein, und es war eine entsetzliche Einsamkeit, auf die ich zuging.

Das Boot »Jugend« ist zerbrochen und gesunken. Ich trieb auf einem der Trümmer dahin, wie auf einem Floß, und ich wußte, auf dieser Insel muß ich mich einrichten.

Besuchen Sie uns im Internet unter:
http://www.herbig.net

Umschlaggestaltung: Wolfgang Heinzel
unter Verwendung eines Fotos von Mauritius
Satz: EDV-Fotosatz Huber/
Verlagsservice G. Pfeifer, Germering
Gesetzt aus: Palatino, 10,5/13,5
in Quark X-Press auf Apple Macintosh
Druck und Binden:
Graphischer Großbetrieb Pößneck GmbH
Printed in Germany
ISBN 3-7844-2768-5